박대문(朴大文) 제5시집

2023. 2.

꽃쟁이 여로 旅路

꽃쟁이 여로 旅路

박대문(朴大文) 제5시집

2023. 2.

맑은샘

제5시집 『꽃쟁이 여로』를 펴내며

　오랫동안 망설였던 다섯 번째 시집을 펴냅니다. 원고는 진즉 준비됐지만 책을 출간해야 할지 말아야 할지 제1시집 때부터 되풀이 해온 고민이 여전히 머리에서 떠나지 않았기 때문입니다. 사실 필자가 펴낸 시집을 굳이 정의하자면 직접 우리 강산을 발품 팔며 찾아가고 만났던 우리 꽃에 대한 설명과 그때그때의 느낌을 시의 형식으로 옮겨 놓은 설명문일 뿐입니다. 꽃을 찾아다니며 사진을 찍고, 사진만 보자니 밋밋하여 꽃에 대한 설명과 느낌을 표현한 것이 시작(詩作)의 기초가 되었습니다.

제5시집을 내면서 그간의 세월을 뒤돌아보니 참 많은 변화가 있었습니다. 공무원으로 근무하면서 미국에서 경제학 석사 과정을 이수하고 국내에서 경제학 박사학위를 취득한 후 겸임교수로 몇 년간 강의도 했던 터라 퇴임하고 난 후 내 생활의 대부분을 지금처럼 야생화 탐사에 소진하면서 지내리라고는 꿈에도 생각하지 못했습니다. 그래서 세상은 내 생각과는 전혀 다르게 흘러가는 것이고 각자에게는 주어진 숙명의 길이 있다고 생각하기에 이르렀습니다.

20년 가까이 산과 들의 우리 꽃을 찾아다니면서 참 많은 것을 보고 느꼈습니다. 그저 국내에 자라는 식물은 모두 우리 식물인 줄만 알았는데 이들도 고향(원산지)이 있고 국적이 있고 혼혈이 있고 친척이 있다는 것을 알게 되었습니다. 지구상에 으뜸이며 영장(靈長)이고 지배자인 양 자만하는 인간보다 현존하는 식물은 훨씬 더 길고 오랜 세월을 살아온 지구에서 삶의 선배들이며 뛰어난 생존 지혜와 생존술로 수억 년의 세월을 살아왔다는 것을 알게 되었습니다. 생존을 위한 수많은 변신과 진화를 거듭하여 오늘에 이른, 인간의 대선배임을 체험을 통해 알게 된 것입니다. 물 흐르듯 고요하고 평온한 자연의 세계로 보이지만, 그 안에는 엄하고도 혹독한 질서와 규칙이 있습니다. 이것을 벗어날 때는 홀로 생존술을 터득하거나 아니면 죽음이 따른다는 냉엄한 자연의 법칙을 보고 배울 수 있었습니다. 인간은 단지 지구상에 왔다 간 수많은 종(種) 중의 하나일 뿐이며 가장 늦게 태어난 어린애 같은 철부지 종(種)과 다름없다는 생각이 들었습니다. 식물 하나하나가 인간과 다름없이 자연 구성요소의 고유한 종으로 인간과 함께 이 세상을 이루고 상호 의존하며 살아가는 공생공존의 합일체라 여기게 되었습니다.

이러한 마음과 생각이 들기까지 거의 20년의 세월이 흘렀습니다. 특히 이번 제5시집에 실린 주된 내용은 2017년에서 2020년 1월, 코로나 팬데믹이 전 세계를 강타하기 직전까지의 기간 중 국내를 벗어나 해외 탐방을 하면서 보고 들었던 내용들이 많습니다. 몽골의 홉스굴, 내몽골의 아얼산, 히말라야의 부탄, 동남아의 사할린, 쿠릴열도, 남미의 잉카제국 유적지, 마추픽추 트레킹, 우유니 사막, 절해고도의 갈라파고스섬, 오세아니아주의 뉴질랜드의 마운틴 쿡과 밀퍼드 사운드, 시드니 등을 여행하면서 직접 보고 느낀 것을 사진과 소회(所懷)로 담은 것이 바로 제5시집입니다. 하지만 책을 읽지 않은 요즘 세상에 또 하나의 쓰레기를 만드는 건 아닌지 여러 생각에 3년이 흘렀습니다.

꽃길 여정(旅程) 중 느낀 소회와 더불어 제5시집을 내면서 또 하나 덧붙이는 게 있습니다. 24년간의 공직을 자진 사직하고 나서 그동안 가슴에 품고 털지 못했던, 억제해야만 했던 억울(抑鬱)함의 파편과 과정들을 20여 년의 세월 동안 홀로 가슴속에 간직하다가 종심의 나이를 훌쩍 넘은 이제는 거리낌 없이 평온한 마음으로 남의 이야기 서술하듯 써 내려간 저의 인생 여정 이야기입니다. 그간의 절치부심이 모두 부질없는 오기(傲氣)와 치기(稚氣)였다는 것도 이제는 알게 되었습니다. 육체적, 정신적으로 힘이 빠지고 욕심부릴 의욕도 없어져야만 스스로 평온도 가늠하고 유지할 수 있나 봅니다. 이제는 말없이 태어나고 자랐다가, 자연 따라 순응하며, 세월 따라 사라지는, 수많은 이 땅 위 모든 생명체와 마찬가지로 조용히 사라져 가야만 함을 자연스럽게 받아들일 수 있게끔 세월이 흘렀음을 알게 되었습니다.

또다시 새로운 한 해가 시작됩니다. 혹한의 겨울철이 되면 울창했던 푸른 잎은 가지에서 단풍으로 떨어져 나무의 뿌리를 덮어주고 거름이 됩니다. 오는 봄에 새잎을 피워내기 위한 희생입니다. 낙엽귀근(落葉歸根)에서 자기의 희생과 후대의 사랑을 배웁니다. 뿌리줄기만을 남기고 떠난 자리에서는 또 새싹이 솟아나고 모체를 떠난 씨앗은 겨울을 넘기고 새 촉을 틔웁니다. 꽃을 찾아 열심히 헤맸던 꽃쟁이들도 한겨울의 동한기를 쉬고 나면 또다시 꽃길 따라 끝없이 헤매는 꽃쟁이 여로가 시작됩니다. 임인년의 끝자락 동한기에 마음을 가다듬고 계묘년의 새봄이 오기 전에 원고를 최종 마무리하여 다섯 번째 시집, '꽃쟁이 여로'를 펴내며 내 삶의 여로에서 응어리졌던 푸념도 함께 풀어봅니다.

계묘년 정월에(2023. 2.)

풀지기 박대문

풀지기 블로그　🔥NAVER　https://blog.naver.com/dmpark05 ▾

E-mail : dmpark05@naver.com

| 목차 |

제5시집 『꽃쟁이 여로』를 펴내며

제1부

/

꽃,
그
리
움

제2부

내 발길 닿은 곳

페루(마추픽추), 볼리비아(우유니), 갈라파고스

꽃, 그리움

15

변산바람꽃(1)

바람 따라
풍문 따라
뱃길 따라
찾아온 풍도(豊島)에
변산바람꽃 소롯이 피었다.

외딴 섬 동토(凍土)에 아득한 봄소식
긴 겨울 허기진 나그네의 꽃소식
기다림에 지친 이른 봄날,
바람꽃의 꽃망울, 나그네의 눈망울
마주치자마자 번쩍 타오르는 불꽃,
온 천지에 봄 불이 번져 나간다.

인적 드문 섬마을의 고단한 삶
청 · 일간 풍도 해전(海戰)의 슬픈 역사
복잡다단한 육지의 탄핵 시국
모두 모두 잊었다.

오직

망울망울 터뜨리는

새하얀 바람꽃 무더기 따라

가슴에 봄 불만 지피고 왔다.

(2017. 3. 9. 풍도에서)

*2017. 3. 10. 박근혜 탄핵 인용 결정

변산바람꽃(2)

언뜻 봄바람인가 싶더니
잔설이 채 가시기도 전에
돌 틈새 사이사이
바람인 듯, 흰 눈인 듯
나풀대는 하얀 그림자.

잘게 부서지는 햇살 속에
가녀린 허리는 바람결에 맡긴 채
소롯이 피워내는 하얀 몸짓.
겨우내 허기진 눈 맞춤 하고 나니
초롱초롱 연둣빛 눈망울이
얼었던 가슴에 봄 불을 지피네.
달겨드는 봄앓이 또 시작이니
긴긴해 이 봄날을 어이 보낼꼬.

(2018. 3. 16. 수리산에서)

너도바람꽃

살을 에는 차가운 얼음장 밑에서
긴긴날 지새운 하얀 그리움.
빈 가지 사이로 엷은 햇살 부서지니
해마다 찾아주는 나의 임, 봄바람인가?
화들짝 깨어나 꽃부터 피운다.

행여 가릴세라.
숲속 빈 가지 잎새도 나기 전에
황금빛 후광(後光)으로 곱게 단장하고
살랑대는 봄바람을 온몸으로 맞이한다.

긴긴 기다림에 설렘인들 오죽하랴.
바람은 쉼 없이 가녀린 허리를 감싸고 도니
애틋한 설렘과 수줍은 떨림에
잠시를 못 참고 시종일 안절부절.
사랑의 괴로움에 봄날은 간다.

(2018. 3. 21. 운길산 세정사 계곡에서)

바람꽃 연가

설악 대청봉에 흰 물결 넘실거린다.
시린 가슴 하얀 그리움
한도 없이 토하나 보다.

덧없는 사랑처럼 속절없어
바람 따라 피었다가
바람 따라 사라지는
요정 같은 바람꽃.

바람에 스쳐 가니 인연이요
마음에 스며 오니 사랑이라.

내 언제 대청봉에 다시 서 볼까?
해가 갈수록 산은 높아만 가니.
나의 모든 그리움 얹혀두고
빈 마음으로 바람꽃과 작별한다.

시린 작별이 가슴에 남는다.
사랑으로 스며드나 보다.
바람 같은 바람꽃 사랑인가 보다.

(2019. 7. 13. 설악산 대청봉에서)

진달래능선

봄, 봄
기다리기만 했는데
어느새 봄바람
훌쩍 고개를 넘어갔다.
만경대, 백운대, 인수봉도 넘어갔다.

양간지풍에 불타날 듯
뚝 뚝 흘려 놓은 꽃 불씨
쥐불처럼 활활 번져간다.

진달래능선 줄기줄기
점점이 꽃 되어
붉고 고운 꽃길이 들어선다.
천년무심 인수봉도 붉게 물든다.

(2019. 4. 7. 북한산 진달래능선에서)

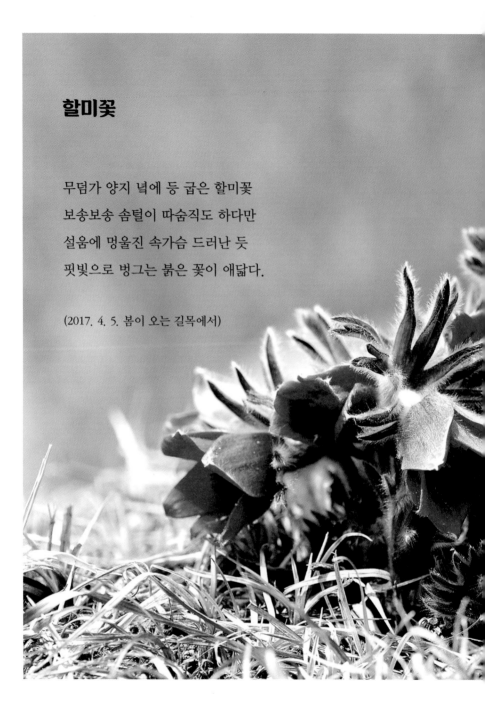

할미꽃

무덤가 양지 녘에 등 굽은 할미꽃
보송보송 솜털이 따숨직도 하다만
설움에 멍울진 속가슴 드러난 듯
핏빛으로 벙그는 붉은 꽃이 애닲다.

(2017. 4. 5. 봄이 오는 길목에서)

장고도 숲길의 옥녀꽃대

상큼한 신록과 향긋한 꽃 향이
온 누리를 뒤덮는 5월 초,
푸른 파도에 부서지는 햇살
황금빛 잔물결로 반짝인다.
푸드득 꿩이 날고
후다닥 고라니가 뛴다.
생기 넘쳐나는 장고도 숲길.

바닷가 솔바람이 너울거리면
송홧가루 꽃보라 휘날리는 숲길.
둥글넓적 연초록 이파리 사이로
솟아나는 병솔 모양의 하얀 꽃 무더기.

겨우내 숨어 지내다 봄바람에 들뜬
산속의 옥녀들이 떼 지어 몰려나와
쫑알쫑알, 까르르 수다를 떠나 보다.

파도 소리 바람 소리 한데 어울려
숲이 와글와글 들썩거리고
한들한들 봄바람에 하얀 춤사위
넘실넘실 쉼 없이 봄맞이 춤을 춘다.

(2018. 5. 2. 대천 앞바다 장고도에서)

분꽃나무 꽃길에서

꽃바람에 떠밀려 꽃 찾아 나섰다가
분꽃나무 숲길에 들어서니
꽃 향에 취해 천지가 아뜩하다.

창포물에 머리 감은 꽃나이 처녀의
상큼한 머릿결 냄새보다 더 달콤짝하고
살굿빛 고운 볼에서 뿜어 나온
살 분 냄새 같은 분꽃나무 꽃향.

숲길 따라 이어지는 분꽃나무 하얀 꽃
짭조름한 바닷바람에 엉기는 분향이
봉우리는 봉우리답게
계곡은 계곡답게
강하고 약하게, 진하고 묽게
살랑살랑 가슴에 봄 불을 지핀다.

설렘에 버텨낼 힘도 부친 데

날랑은 어이하라고 이리도 진하게

엉겨 붙는 꽃향기 그리움을 어이할꼬.

(2019. 5. 4. 강화도 교동도 수정산 꽃길에서)

소쇄원의 죽향(竹香)

옅은 듯 진하고 여린 듯 강한
생명력 넘치는 담록의 초록빛이
천지를 뒤덮은 5월 마지막 주.
생명의 맥박이 사방에서 팔딱거린다.

초록 전설의 나라로 빨려가는 듯한
하늘 가리운 초록 터널 메타세쿼이아 길

아련한 추억 더듬듯 거닐어 본다.
가슴이 초록빛으로 물들 것 같다.

소쇄원 죽향(竹香)으로 마음을 닦고
무등메 서기 어린 창평의 느긋함에 젖고
한국 가사문학관에서
옛 선인의 묵향에 잠겨 본 하루였다.

(2018. 5. 26. 담양 소쇄원)

죽녹원 대숲길에서

울울창창. 기세당당 죽녹원 대숲.
셀 수 없이 빽빽하고 촘촘한 바늘 숲.
그 사이 샛길이 참으로 정겹다.

대숲에 언뜻 바람 청량하기 그지없고
번지는 죽향이 생기를 돋궈 낸다.
뻗쳐 솟는 죽순의 생기를 뉘 넘보랴.
꽃 자랑 만화방초를 일순에 제압하네.

(2018. 5. 27. 담양 죽녹원 대숲길에서)

가뭄 속 한라산 산철쭉

생(生)에 한 번 피워내는 불꽃!
푸나무건, 짐승이건, 사람이건
한 번의 꽃이 핀다.

사노라면 세월 가고
한 생(生)도 어느덧 사라지는 것.
꽃이 피면 지는 것을
아랑곳없이 가뭄에도 피워내는 인고(忍苦),
푸나무일망정 어찌 한 생을 공(空)치고 가랴.
눈물겹게 피워내는 산철쭉이 곱고도 섧다.

피고 나면 지는 것이 번연한데
그렁저렁 지나가는 삶일 수 없어
가뭄 속에 꽃 피우는 저 몸부림이
붉게 타는 꽃보다 더더욱 곱다.

(2017. 6. 11. 제주 한라산 윗세오름에서)

석병(石屛)산 백리향

드센 폭우 지나니 짙은 안개 밀려오고
가파른 산비탈 헤집고 오르니
느긋한 산 능선이 한결 부드럽다.

성깔 없이 순해 뵈는
안개구름 속 석병(石屛)에
옹골차게 버티고 엉겨 자라는 백리향.
피워내는 맑은 향이
비에 젖은 산바람 타고
가슴 깊이 파고든다.

그 향이 백 리까지 가리오마는
바라보는 이 가슴 깊이 파고드니
천리향이라 한들 뉘 아니라 하리.

석병산 안개가 명명백백을 감추니
느낄 듯 말 듯 배어드는 백리향,
석병산 백리향도 신비에 젖는다.

(2017. 7. 8. 강릉 석병산에서)

성세기 해변의 노랑무궁화

태양은 붉게 이글이글 타는데
성세기 해변 하늘과 바다는
쪽에 절인 듯 쪽빛 진하다.

쪽빛 바다에 안기듯
파란 물빛에 젖어 드는 빌레에
얼기설기 어우러진 숲 더미 꽃 더미,
왕중왕으로 황금꽃 피어난다.

쉼 없이 밀려 오가는 속삭임
타는 불빛 그리움 당겨
밝고 환한 함박웃음 지어낸다.
검은 빌레에 피어나는 황금 미소다.

한여름 땡볕도 아랑곳하지 않고
연년세세 피고 지는 순리 따라
아침 햇살에 밝은 웃음 지어내고
저녁놀 함께 스러지는 되풀이가
석 달을 이어가는 끈기의 꽃이다.

거센 해풍, 척박한 빌레에서도
의연히 피워내는 해맑은 미소,
황금빛 꽃잎과 암적색 화심(花心)에는
타는 그리움과 응축된 활력이 숨어 있다.
성세기 해변의 노랑무궁화.

(2018. 7. 14. 제주 김녕 성세기 해변에서)

참통발에서 세상사를 본다.

장마 속 찌는 듯한 무더위 피해서
후딱 나선 꽃 탐방
시원한 강바람 호수에 연꽃 망울 화사, 화사…
또 다른 화사함, 참통발이 눈길을 끈다.

물속 뿌리에는 식충망 그물 펼쳐 먹잇감 포획하고
물 위에서는 화사한 몸치장으로 벌 손님 꼬드긴다.
앙큼한 교활함과 표리부동이 생의 기본일까?
자기는 고고한 척 남의 흉만 키우는
'내로남불' 세상사를 본다.

(2017. 7. 15. 일산호수 참통발 앞에서)

송부 풍란(松附 風蘭)

옥처럼 맑고 투명한 뿌리
수백 년 세월 묵힌 곰솔에 묻고
다북다북 푸른 잎새 겹겹이 포개어
순백의 맑은 정기(精氣) 꽃으로 피웠어라.

흙먼지 멀리하고 곰솔 가지 벗 삼으니
무정한 곰솔인들 속삭임 없으련가?
불어오는 세찬 해풍 솔바람 일으키니
덧붙여 맑은 향 바람에 띄운다.

새어드는 햇살은 솔잎으로 가려 받고
맑은 하늘 푸른 정기 향으로 모으니
맑은 솔바람에 난향이 고혹(蠱惑)이라
송란(松蘭)이 어우러진 송림난향이다.

(2018. 7. 22. 관매도 곰솔밭에서)

수정난풀

깊은 숲속 햇빛도 외면한 곳
썩어 묻힌 낙엽 더미에서
백옥같은 몸뚱이로 태어난 꽃
어둠이 빛으로
사(死)가 생(生)으로 바뀌는
명계(冥界)의 세상 바뀜이다.
잊힌 생에서 새 생으로 다시 태어난다.

신선초인가? 죽음의 꽃인가?
생과 사를 넘어선 명계(冥界)의 꽃
어둡고 습한 곳에서 유령처럼 솟아나
꽃은 가고 씨를 남기는
생의 소명을 완수하는 죽음의 꽃인가?

영령의 세계를 떠도는 영이
다시 찾아온 하얀 몸뚱이
투명한 속마음 드러내고 산다.
군데군데 묻어나는 검은 비늘
못다 버린 미련 때문인가?

그래도 못 견딜 건 외로움인가 보다
다복다복 모여 외로움을 달랜다.
햇볕 쬐면 스러질 허무한 생인데.

(2018. 9. 15. 제주 숲길에서)

흰꽃여뀌꽃

한들 산들 하늬바람 인다.
활활 타듯 내리쏟는 햇살 아래
달구고 부풀린 모진 기다림.
맑고 고운 순백의 망울이
톡톡 터진다.

초가을 파란 하늘 아래
시원스레 터지는 하얀 꽃망울.
펄펄 끓듯 부대껴 온 폭염 잊고
어찌 저리도 초롱초롱 맑고 고울까?

고생 또 고생 살아간다는
풍문으로만 흘려듣던 소꿉친구 순이.
이름도 모르는 저 꽃을 마냥 좋아했지.

간난의 세월에 닳고 뭉글었어도
해맑고 착했던 타고난 마음 어디 갔으랴.

맑디맑은 흰꽃여뀌꽃 앞에 서니
맑고 환한 여린 그 눈망울과
보조개 파이는 하얀 미소가
불현듯 어른댄다.

(2018. 9. 14. 제주 용수리 길섶에서)

대흥사 천년수(千年樹)

천년의 세월 앞에 섰다.
백 년도 채 못 채울 길손
대흥사 천년수 앞에 서니
한없이 작아만 간다.

찢기고 꺾이고 닳은 몸통
생이란 저리도 힘든 것인가 보다.
백 년 살이 고달파 세상을 고해라 했거늘
천년의 세월 동안 품고 견디며
꿈꾼 미륵 세상은 어떤 세상일까?

시멘트에 덮인 찢긴 가지와 상처 난 몸통,
천 년을 기려온 꿈이 살았기에
이 봄도 파란 새싹을 낸다.
꿈이 있는 생은 항상 아름답다.

천 년의 꿈을 그리며 저리 섰는데

까짓 백 년도 안 될 세월

애끓으며 살 게 뭐 있겠는가.

살아 있는 그날까지

아름다운 세상 꿈꾸며 살아야지.

(2017. 4. 9. 해남 대흥사 천년수 앞에서)

상고암(上庫庵) 천년송(千年松)

깊은 산, 깊은 골
세속을 떠났다는 속리산(俗離山)
천삼백 년의 세월 안은 상고암(上庫庵)
노승(老僧)의 새벽 탁한 기침 소리가 외로운 곳.

장엄한 천년송이 상고암을 지킨다.
무정무심 암반 성채(城砦)에 뿌리 깊이 박고
서리서리 용틀임 곁가지 내뻗어
동서남북 사방팔방에 맹위를 뻗친다.
신선대, 비로봉, 천왕봉을 떠받칠 듯
솟는 기세 태양처럼 누리를 덮는다.

별빛 흐르는 고요와 침묵의 밤이면
천년 노송의 그윽한 솔바람 소리
어둠을 달래듯 골골이 흐르고
외로운 노승의 기침 소리 잠재운다.
천년 고찰의 정적과 소멸을 지키는
신당목(神堂木)이다.

(2018. 8. 1. 속리산 상고암 천년송 앞에서)

금대암 전나무

반 천 년 풍진 세월에 닳을 만도 하건만
연년이 위풍 장엄하고
세세로 푸르름 더해가니
어찌 영물(靈物)이 아닐쏜가.

솟구친 장대함이 당(幢)인 듯 돋보이고
곧게 솟은 표상이 천지간의 솟대로다.

유구한 세월 품은 우듬지 푯대 끝에
천왕봉도 오락가락하는구나.
세상만사를 도량(度量)하니
금대암 불력(佛力)이 무궁도 하다.

(2019. 9. 29. 함양 금대암에서)

10월의 빈 가슴

한 해가 기울어가는 10월 끝자락
명성산 억새는 하얗게 울음 울고
홍자만엽 단풍은 붉게 붉게 몸을 사른다.

서산의 가을 해 금세 꼬리를 감추니
빈 가지에 걸린 중천의 하얀 달이
10월의 빈 하늘을 채운다.

텅 빈 가을 밤하늘
눈물 방울방울 수많은 별이 울고,
시린 10월의 빈 가슴
애틋한 그리움 눈물로 채운다.

(2017. 10. 28. 산정호수에서)

단풍 한 잎 차마 못 떠나

사르르 봄 눈 녹자 연초록 새잎 내서
삼 계절 비바람에 흔들리며 오로지 한 길.
꽃 피워 열매 맺고 줄기를 키웠는데
어느새 붉고 노란 황혼빛에 물들었다.

겨를 없이 일해 온 흔적이요 작별의 징표다.
흔들리며 살아온 한 생(生)이 맑고 곱게 빛난다.
다가오는 엄동설한을 함께할 수 없어
남겨 두고 떠나야 하는 마음 처연하다.

해거름 저녁놀에 기러기 떼 지어 날고
무서리 엉기는 가을밤 깊어 갈수록
'뿌리 덮어 새잎 내자' 다짐하면서도
단풍 한 잎 차마 못 떠나 바르르 떤다.

(2018. 11. 15. 적상산 가을 길에)

1100고지 붉은겨우살이

황량한 겨울 숲
제주의 1100고지
붉은 진주 소롯이 익어 간다.

굶주린 겨울 산새에
행운의 먹이
눈 고픈 겨울 꽃쟁이에겐
홍자(鴻慈) 대박

알알이 깃든 붉은 사랑
엄동설한 한겨울에
중생을 보시한다.

(2019. 1. 19. 제주 1100고지에서)

나무의 겨울눈

작지만
커다랗고 고운 꿈을 키운다.

빛을 보고 자란다.
위를 보고 자란다.
엄동 혹한 시련 속에서 자란다.

내일의 꿈이다.
일찍,
튼튼하게 새싹을 내고
곱게,
화려한 꽃을 피우고
높이,
거목이 되기 위해

옥죄어 다지며, 참고 기다리는
간절함이 있다.
우리의 꿈과 다를 바 없다.

(2019. 1. 19. 제주 1100고지의 나목(裸木)을 보며)

분단나무

깨어 있자. 나무의 겨울눈처럼

낙엽이 졌지만 죽은 게 아니다.
솔잎이 푸르지만 안 추운 게 아니다.
인고(忍苦)의 감내가 다를 뿐이다.

철 따라 변하는 자연의 순환처럼
돌아가는 세상사도 희비가 있다.
암울하고 치졸한 편 가르기 세상 흐름에
혹자는 입을 다물고,
혹자는 깃발을 든다.
인고의 감내가 다를 뿐이다.

혹독한 추위 속에서도
깨어 있어야 산다.
두텁고 딱딱한 나무껍질도
세상을 느끼는 겨울눈을 달고 있다.
새봄을 맞이하여 잎 내고 꽃 피우려면
참고 견디되 눈을 뜨고 있어야 산다.

돌아가는 세상사 참으로 험하다.
오감(五感)을 열고 깨어 있자니 힘들고
입, 눈, 귀를 닫자니 스스로 초라하다.
그래도 오각(五覺)을 곧추세워야 한다.
혹한 속에 여린 겨울눈(冬芽)이 새봄을 기다리듯.

다가오는 새날에 새 세상을 맞이하려면
암울한 절망 속에서도 깨어 있어야 산다.
깨어 있자. 나무의 겨울눈처럼.

(2019. 12. 27. 나무의 겨울눈을 보며)

신갈나무

제2부

내 발길 닿은 곳

종심(從心)의 나이에 이르러

살아온 세월이 짧지 않았다.

공자는 자신의 평생을 6단계로 나누어
'열다섯 살에 학문에 뜻을 두고,
서른 살에 뜻을 세우고,
마흔 살에 혹(惑)하지 않고,
쉰 살에 하늘의 법칙을 깨닫고,
예순 살에는 어떤 말을 들어도
귀에 거슬리지 않았으며,
일흔 살에는 마음 움직이는 대로 행동해도
법도에 어긋남이 없었다.'고 했다.
(吾十有五而志于學 三十而立 四十而不惑
五十而知天命 六十而耳順
七十而 從心所慾 不踰矩)

이제 종심(從心)에 들어선다.
애써 키운 아이들이 자라
이미 가정을 꾸리고

나름 보통의 사회 삶을 사니 다행이다.

이제 남은 나의 생도

내 마음 따라 살아도 되나 보다.

남은 날도 여일(如一)하게

풍우한서(風雨寒暑) 괘념치 않고 자연 더불어

장송처럼 굳세게 풍상(風霜)을 견디며

난(蘭)처럼 향기롭게 살아가리라.

염원을 띄워 보낸다.

(2018. 7. 9. 戊戌年 음 5월 26일)

나이와 산

세월 흐른다.
해가 갈수록
나이 숫자가 높아 간다.

해마다 오른다.
꽃길, 단풍산
해가 갈수록
산이 높아만 간다.

산도 나이 들수록
키가 크는가 보다.

(2018. 10. 19. 속리산 문장대에서)

막장 광부의 도시락을 보며

그때엔 늘 그러했다.
응당 그러려니 했다.
아픔인 줄 몰랐다.
그저 살기 위한 일상(日常)이었다.

너나 할 것 없이
그렇게 살아왔는데
돌아보니 서글프다.
다시 보니 가슴 아리다.
희미한 기억으로 남아 있을 뿐인데.

꼭두새벽에 집을 나서서
일로, 마무리 술자리로
새벽녘까지 헤매 돌아야만 했던
성장주도(成長主導) 세대의 일에 묻힌 일상.

훗날 다음 세대가 돌아보면
얼마나 섧고 가련한 아픔 속
애틋한 삶으로 비칠까?

막장 광부의 도시락을 보며
이들과 한 세대를 같이 했던
지난 일상을 되돌아보니
가슴이 휑하니 아려오는 것만 같다.

그 일상이 행복인 줄 알았는데
인제 보니 아픔이었네.

(2018. 10. 21. 태백석탄박물관에서)

나의 작은 기쁨

어디서 무엇을 할까?
행복과 만족을 찾아.

조금만 시간 내면
얻을 수 있는 기쁨
조금만 발품 팔면
이토록 고운 꽃이 있는데,

이쁜 들꽃 앞에
마냥 웃는다.
치기(稚氣) 서린 행복에 겹다.

소소한 내 작은 기쁨
이마저 놓칠까 졸이는 마음
아직도 못 다 버린 욕심 탓이겠지.

(2018. 6. 15. 남한산성에서)

참나리

청계천의 봄볕

서울 도심 한복판
가령가령 청계천이 계곡처럼 흐른다.
따스한 봄 햇살은 물 위에 녹아들고
올망졸망 송사리 물비늘을 휘젓는데
치렁치렁 수양버들 봄빛 너울 일렁이고
청계에 갯버들 망울망울 벙글어 간다.

둑길 따라 흐르는 봄맞이 남녀노소
움츠린 옷매무새에 봄기운 새어드니
꽃망울처럼 벙근 마음 환한 미소로 피어난다.
여리게 고개 내민 새싹들 앙증맞고
터질 듯 말 듯 매화 송이 하늘에 곱다.

(2019. 2. 26. 청계천 둑길에서)

새인봉에서 무등(無等)을 본다.

천지에 봄기운 가득한 화사한 봄날
새인봉에 올라 무등을 본다.

여인네 젖가슴처럼 풍만하고 곱고
태산처럼 육중하고 큼직한 만인의 동산.
너나없이 사랑하고 함께 오르는
무등을 본다.

중머리처럼 반지르르하고 넓은 흙산
그 봉우리에 숨은 기암
입석대, 서석대, 규봉이
무등을 거부하듯 발끈 솟았지만
넉넉하고 큰 산은 이들마저 곱게 품에 재웠다.

육중하고 품이 큰 흙산
쳐다보면 무등이요
앞에 서면 기암이며,
멀리 보면 하나이고
가까이 보면 여러 줄기다.

옥새 모양 우뚝 솟은 새인봉에서
무등의 세상천지를 기리며
꿈결 같은 무등 능선에 안긴다.

(2018. 3. 21. 무등산 새인봉에서)

세미원(洗美苑) 풍경

긴 겨울 물속에 침잠하며 혹한을 견딘 연꽃
이제 막 싹을 틔워 벙글어지려 하고
송홧가루 이미 날려 암솔 머리가 봉긋 솟는 5월 초,
물 보며 마음 닦고 꽃 보며 곱게 살라는 세미원.
세한도(歲寒圖) 소나무가
만고풍상 추사의 외로움을 대신하는가?
꽃창포 더불어 하얀 모란이
너른 두물머리를 꾸미는구나.

(2018. 5. 7. 세미원에서)

속리산 법주사 세조길

법주사 세조길이 여유롭고 청정하다.
600년 전 세조대왕이 오갔던 길섶에
초목은 예나 지금이나 푸르고 푸르다.

가는 세월 그 누가 막으랴.
속리산 정이품송도 세월 가니
무척이나 쇠(衰)했구려.
떠받는 지주목에 겨우겨우 서 있건만
왕성한 그 수세(樹勢) 어디로 사라지고
초라함만 돋보는가?

음주 보행처럼 지그재그 가는 삶에
초목이나 인생이나 세월은 한결같아
사철 푸른 낙락장송도
초로 같은 인생살이도
산다는 것이 다 세월 속 한 토막
춘몽과 다름없으렷다.

올해도 봄이 되니 산천은 푸르고
초목은 각기 각기 나름대로 꽃을 피운다.

(2019. 5. 25. 속리산 법주사 세조길에서)

두로봉 가는 길

월정사, 상원사 지나
두로봉을 오른다.
전나무 짙은 향에
녹음도 짙어 간다.

오대천에 흐르는
물소리 맑고
선재길에 이어지는
웃음소리 곱다.

두로봉 맑은 바람
상원사 동종(銅鐘)을 스친다.
곳곳에 은방울꽃 피어난다.

곱고도 맑은 은방울 여운(餘韻)처럼
백두대간 곧은 정기
가슴에 스며든다.

(2017. 6. 1. 오대산 두로봉에서)

강촌의 강선봉, 구곡폭포

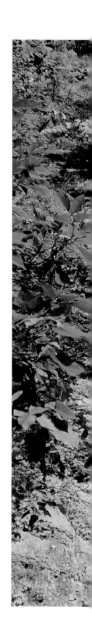

삼악산을 마주 보는 강선봉 오름길
오르고 나니 강촌 일대가 한눈에 든다.

불볕 같은 햇볕이지만 숲속의 산길은 숲 터널,
그래도 등에는 땀방울 송골송골
천지에 생명력 넘쳐나고 숲속에 생기 팔팔 오른다.
'홀딱 벗고' 검은등뻐꾸기가 자지러진 곡조로
강선 계곡에서 징하게도 울어 싸는 초여름날.
땅비싸리 꽃길이 꿈길처럼 이어졌다.

검봉산 산마루 넘고 타고
숨겨진 문배마을에서 한 잔씩 하고
재 너머 구곡폭포로 가는 길.
폭포가 물러섰나?
발길이 무디어졌나?
세월 흐를수록
구곡폭포 산행길이 예전과 다르다.

(2018. 6. 3. 강촌의 강선봉, 구곡폭포에서)

대암산 용늪

허이 허이 숨차게 올라왔다.
등에 땀이 배도록 서둘러 왔다.
숲 그늘은 한여름 땡볕을 가려
삼복염천을 잊게 하고
산새 울음에 속세(俗世)를 잊는다.

스멀스멀 밀려드는 하얀 안개가
흐르는 세월을 붙들어 매고
풍진(風塵) 속세를 가리어 숨긴다.
세월 멎은 용늪 고원 습지에
기화요초(琪花瑤草) 피어난다.

선경(仙境)이 따로 있더냐?
흐르는 세월도 기화요초에 멈춰서고
승천하는 용(龍)은 늪에서 쉬는 곳.
지나는 길손도 운무(雲霧)에 싸여
한순간 신비의 세계에 머문다.

(2018. 6. 9. 대암산 용늪에서)

안개 속 석병산 일월문

보고픈 꽃님이 애달아 찾아가는 날
미루고 미루던 빗님도 따라붙네.
한(恨) 풀 듯 천둥 속 빗줄기 내리쏟네.

찾아간 꽃님이 이 사정 알까마는
빗속에 웃는 미소가 이 마음 달래주네.

석병산 일월문에 운무 자욱하네.
그리는 마음이 해와 달을 가렸나 보네.

(2017. 7. 8. 석병산 일월문에서)

염천에 산들꽃이나 찾아가자

살 무르게 푹푹 찌는 무더위에
머리 까지게 따가운 염천 햇살 내리쬐면
주야장천 방긋 웃는 산들꽃이나 찾아가자.

새파란 하늘에 흰 구름 동동
울창한 솔가지 헤집고 나온 솔바람 솔솔
장마 끝 쿵쾅대는 계곡물, 시원도 하다.
시퍼런 진보랏빛 큰제비고깔, 자주조희풀
땡볕에 다투어 꽃을 피웠네.
철퍼덕 엎드려 꽃송이 우러르자.

햇살도 더위도 남의 얘기 같더라.
염천 더위 피서법이 요로코롬 짜릿하냐?
지 좋아 사는 게 지 멋 아닌가.
이래저래 한 삶은 내가 꾸려 가는 거다.

(2017. 7. 25. 남한산성에서)

큰제비고깔

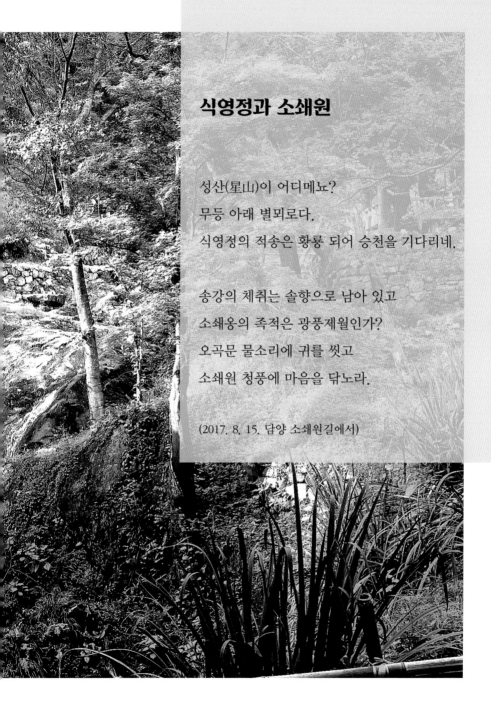

식영정과 소쇄원

성산(星山)이 어디메뇨?
무등 아래 별뫼로다.
식영정의 적송은 황룡 되어 승천을 기다리네.

송강의 체취는 솔향으로 남아 있고
소쇄옹의 족적은 광풍제월인가?
오곡문 물소리에 귀를 씻고
소쇄원 청풍에 마음을 닦노라.

(2017. 8. 15. 담양 소쇄원길에서)

화악산의 가을빛

한여름 무더위가 언제이던고?
흰 구름 하늘 아래 억새꽃 휘날리니
불현듯 비쳐오는 가을빛이여!

화악산의 금강초롱 불 밝히고
닻꽃은 가는 세월 매어두려 하는구나.
물봉선 추억 속에 여름 가니
맑고 고운 가을꽃 어찌 아니 피우랴.

(2017. 8. 29. 화악산 가을빛 속에서)

방태산 산행길

가혹했던 폭염, 끝 모를 줄 알았더니
백로 절기에 절로 스러지니
신비롭구나! 천지 운행.

청아한 산 내음, 골골마다 물소리,
숲 사이 새어드는 감미로운 햇살,
금강초롱 불 밝히니 숲길이 환하다.

굽이굽이 불 밝힌 초롱 따라
고갯마루 올라서니 탁 트인 매봉령
먼 앞산 마루 흰 구름 동동,
능선길엔 투구꽃, 과남풀이 그윽하니
방태산 가을빛이 보랏빛 꿈길이다.

주억봉에 올라서니 청명도 하다.
설악의 귀때기청이 마주하고
그 너머 희부연 금강산이 어른댄다.

주억봉 내리막길 급하기도 하여라.
절기 따라 혹서가 물러가듯
고희 넘긴 세월에 붉은 심장 식었는가?
내리막길 걸음마다 무릎이 치받는다.
세월 따라 산행길이 달라만 지는구나.

(2018. 9. 8. 방태산 산행길에서)

귀때기청 가는 길

가을이 익어 간다. 설악의 하늘 아래.
서부능선 끝자락에서
설악 제일이라고 큰소리치다가
대청, 중청, 소청 삼형제에
귀싸대기 얻어맞고
대청봉 반대편으로 뺑 돌아앉았다는
귀때기청 가는 길에
가을꽃이 곱게 곱게 피어 있었다.
설악 제일의 가을꽃이라 으스대면서.

(2017. 9. 9. 귀때기청 가는 길에서)

개쑥부쟁이

설악 귀때기청에서

한 발 한 발 너덜겅 바위를 탄다.
삶의 곡예처럼 움찔움찔 균형을 잡으며.
어렵사리 한 발 뛸 적마다
설악 하늘이 내려앉고 귀때기청 다가온다.

겨우겨우 귀때기청에 안기었다.
금강초롱 불을 밝히고
산구절초가 향을 뿜는다.

꿈이런가 싶은 절경에서
아뜩한 심란(心亂)을 터는데
어느새 내 삶이 쫓아와 치근거린다.
하산 길을 서두르라 한다.
이 뜻을 거스르면 무슨 세상이 올까?
하는 수 없이 삶에 끌려
하산 길을 서두른다.

(2017. 9. 9. 설악 귀때기청에서)

주왕산 내원마을에서

절골 따라 들었더니 펼쳐지는 새 세상
주왕산 깊은 속살 은둔의 땅.

들풀처럼 이어오다가
화석처럼 굳어가는 전설만 남기고
바람처럼 사라져간 내원마을.

물억새

빈 텃자리에
억새는 하얗게 울고
빈 하늘에는
산국 향(香)만 맴도네.

(2017. 10. 15. 주왕산 내원마을에서)

주왕산 학소대를 지나며

용연폭포 물길 따라
기암절벽 협곡에 들어서니
허전한 가을 마음 더욱 깊어진다.

하늘만 높은 줄 알았더니만
앞을 막는 학소대 또한 높고
바다만 깊은 줄 알았더니만
암벽 사이사이 용추협곡 또한 깊어라.

암벽 틈새 헤집는
물길 따라 내려오니
금세 속세(俗世)에 드네.
지나고 보니 어느새
선계(仙界)를 거쳐 왔네.

(2017. 10. 15. 주왕산 학소대를 지나며)

시월의 마지막 날

한 해가 설핏설핏 기울어가는
시월의 마지막 날.
산천은 붉게 물들어
못다 한 열정의 불꽃을 피운다.

천지가 붉게 탄다.
나무도, 바위도, 산봉우리도,
마지막 초록빛 잎새와 꽃들도
온통 화염에 싸인듯하다.

억새의 하얀 솜털 씨앗이
만장(輓章)처럼 휘날린다.
저무는 한 해를 애달파 하듯.

온 세상을 태울 듯한 단풍빛,

하얀 만장 억새 물결 속에

또 한 해를 보내는 심사(心事),

휑한 가슴에

빈자리가 커져만 간다.

(2018. 10. 31. 단풍빛에 젖다)

겨울 산의 유혹

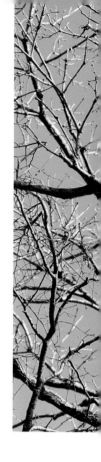

단풍마저 떠나 버린 허전한 겨울 산,
바스락거리는 낙엽을 밟으며 산을 오른다.

발밑엔 낙엽이 뒹굴고
앙상한 가지 사이로 드러난 하늘엔
눈 시리게 푸른 하늘이 높다.

잎새 떨군 빈 가지마다
윤기 잃어가는 빨간 팥배나무 열매가
배고픈 산새를 애절하게 유혹한다.

빈 하늘에 바람이 머문다.
잘 익어 솜털 단 박주가리 갓털 씨앗
꽃 지고, 향 가고, 갓털만 남았다.
매정한 세찬 바람을 애타게 기다린다.

신갈나무

나뭇가지마다 봉긋봉긋 매달린
잔가지의 겨울눈 아린(芽鱗)이 신비롭다.
지문(指紋) 같은 아린의 비밀을
탐독하려는 겨울 산 꽃쟁이
기다림도 없는 아린의 신비 찾아
겨울 산을 오른다.

(2019. 12. 19. 겨울 산에서)

해파랑길 49코스

동쪽은 굽이굽이 동해의 해변 길
서쪽은 우쭐우쭐 설악 능선
산과 바다 사잇길로
화랑(花郎)의 옛길 더듬는다.

대진항이 반기고 거진항이 반긴다.
화진포 석호와 해변을 품고
이승만 별장, 김일성 별장이
시새움질 한다.

멍때리게 밀려오는 파도 소리
갓 피어난 두견화 입술이 시퍼렇다.
지새우는 피멍 빛에 봄날이 간다.

(2017. 4. 2. 해파랑길 49코스에서)

박대문 시집

천사대교 개통

번쩍!
전등이 처음 불 밝히는 날,
어둠의 세계가 대낮으로 변했듯
광명천지 새 세상이 다가왔듯.

부릉!
연륙교가 처음 개통되는 날,
갇힌 세상이 뻥 뚫렸다.
주야장천 육지 길이 열렸다.

경천동지의 천지개벽
바로, 바로 새 세상이 열렸다.

(2019. 4. 14. 개통된 천사대교를 지나며)

홍도는 미완(未完)의 완성품(完成品)

누구의 손으로 빚어진 작품인가?
눈 시린 쪽빛 바다에
서기(瑞氣) 어린 붉은 섬.
수만 수억 세월의 풍상과 만경창파가
깎고 비비고 다듬은
기기 묘묘 기암 절경,
이보다 더 고운 절경이 어디 있으며
이보다 더한 완성이 어디 있으랴.

완성의 홍도는 오늘도 변한다.
세상 끝에서 불어오는 만고해풍과
대양을 달려온 푸른 파도는
깎고 비비고 다듬질을 멈추지 않는다.
홍도는 더욱 신비로워진다.
절경에 절경을 더하고
신비에 신비를 더한다.

홍도는 아직도 미완의 비경인가?

아직도 완성 못한 미완의 극치(極致)인가?

지금 그대로가 또한 완성이니

홍도는 미완의 완성.

수만 수억의 세월 동안

오늘도 변하고 내일도 변하지만

오늘도 비경이고 내일도 절경이다.

홍도는 미완이다.

홍도는 완성이다.

(2018. 10. 4. 신안군 흑산면 홍도에서)

'흑산도 아가씨' 노래비 앞에서

애타도록 보고픈 머나먼 그 서울을

바라보다, 그리다 검게 타버린

흑산도 아가씨

흑산(黑山), 흑산.
되돌아가야 할 한양(漢陽) 길이
너무도 깜깜하구나.
자산(玆山)이라 부르리.
15년 반 세월을 기다리고 그리다가
한 서린 생을 마감한 자산(玆山).

푸르다 못한 청산과 바다는
까맣게 짙어만 가는데
사그라지지 않은 보고픔과
어둠에 갇힌 그리움은 어이하나요.

애타는 연정과 한(恨)을 담은
일주도로의 노래비는 망부석처럼
오늘도 하염없이 보랏빛 그리움에 젖어
까만 육지 소식을 마냥 기다리네.

(2018. 10. 6. '흑산도 아가씨' 노래비 앞에서)

울릉도 예림원에서

울릉도 예림원 정자에 앉아
정인(情人) 셋이 잔을 기울인다.
바다 위의 한 점 바람을 마신다.

너른 동해 굽어보며
은은한 청향에 가슴 덥히며
기우는 햇살에 몸을 맡긴다.

온갖 꽃들이 다투어 피어나니
피는 꽃, 지는 꽃 어우러졌구나.
이슬이 꽃 피우고
바람에 꽃 지는가 싶었건만
꽃 피우고 지우는 게
다 세월이더라.

피고 지는 세월 속에

오늘 나는

바람 따라

어디에 서 있는가?

(2019. 5. 30. 울릉도 예림원에서)

저동항의 일출

어둠이 걷힌다.
새날이 밝아온다.
대한민국 기해년 유월 초하루의
맨 처음 해돋이 04시 58분.
6월이 열리고
또 하루가 생겨난다.

아침 갈매기 바삐 날고
어선 한 척,
삶을 건지러 수평선을 향한다.
집 떠난 길손도
감사(感謝)로 하루를 연다.

(2019. 6. 1. 울릉도 저동항에서)

다시 본 울릉도

강릉항에 가면서 쏟아지는 빗줄기가
가뭄 속 소낙비라서 반갑기도 하고
울릉도 길 빗줄기라서 염려도 되니
복잡한 게 사람 마음.

부질없는 게 걱정이었네.
거울같이 잔잔한 바닷길 건너 닿은 곳!
저동항 햇살이 곱기도 하다.

가뭄 속에서도 봉래폭포는
힘차게 내리쏟고,
도동항 2천 년 향나무는
몇 세월 더했는데도 건재하구나,
추산항, 천부항의 기암괴석이며
삼선암, 관음도도 옛정 그대로이네.

나리 분지(盆地) 성인봉 숲길에
피어나는 기화방초 새로운 듯싶어도
그들 또한 한 뿌리니
산천은 한결같은데
세시풍속만 날로 새롭구나.

(2017. 6. 15. 울릉도에서)

향나무(도동항)

봄 찾아 남녘 땅 제주에 오니

봄 찾아 남녘 땅 제주에 오니
곳곳에 피어나는 봄 빛깔, 봄소식.
제주는 이미 봄바람에 휘둘리고 있다.

산다화 송이송이 다투어 피는 골에
어지러이 흐트러진 낙화가 지천인데
꽃 너머 한라산 봉우리 눈빛이 차다.

매화도 수선화도 봄맞이 꽃을 피우고
들판에 유채도 들개미자리도
행여 늦을세라 꽃망울 터뜨렸다.

붉게 달군 먼나무, 동백꽃도 빛바래져 가니
봄맞이 꽃길 채비 서두른다.
봄 찾는 꽃쟁이 발걸음이 폴폴하다.

(2019. 1. 20. 제주에서)

빗속에 걷는 곶자왈 숲길

시원한 빗줄기가 내리쏟는 호우경보 속에
원초적 생령(生靈)이 깃든 곶자왈 숲길을 걷는다.
빗속에 젖어 드는 곶자왈에 신비감이 감돌고
풋풋하고 상큼한 숲 향이 전신을 파고든다.
걸음걸음마다 팔팔 뛰는 숲의 정령이 행보를 떠받친 듯
발놀림이 가벼워진다.

촉촉이 젖은 흙과 초목에 흐르는 빗방울이
생명의 물줄기 되어 곶자왈에 너울처럼 번져간다.
호우 속에 걷는 곶자왈.
힘찬 생령(生靈)이 요동질 한다.

길섶의 금새우난, 새우난 등
고운 꽃들이 숲을 밝힌다.
샛별처럼 곱다.

상산나무의 강향(强香)이 가슴 깊이 파고들고
비목나무의 맑은 향이 코끝에 맴돈다.

비 내리는 오월의 곶자왈 숲은
생명력이 용틀임하는 신천지로 거듭난다.
나도 그 속에 한 점, 풀과 나무가 된다.

(2019. 5. 19. 빗속에 걷는 5월의 곶자왈 숲길)

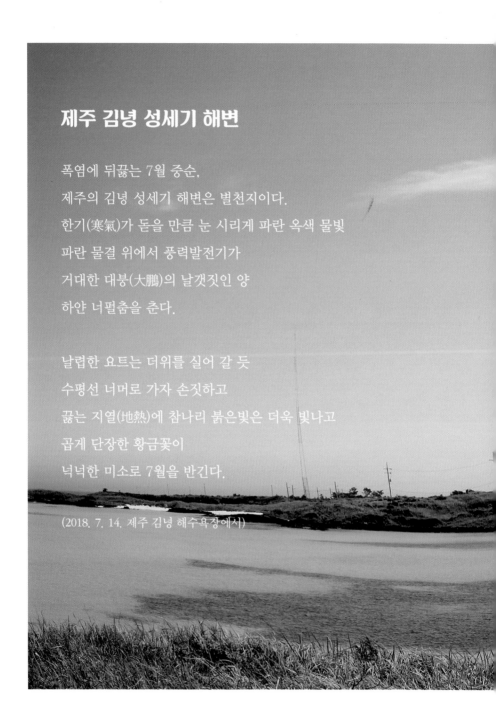

제주 김녕 성세기 해변

폭염에 뒤끓는 7월 중순,
제주의 김녕 성세기 해변은 별천지이다.
한기(寒氣)가 돋을 만큼 눈 시리게 파란 옥색 물빛
파란 물결 위에서 풍력발전기가
거대한 대붕(大鵬)의 날갯짓인 양
하얀 너펄춤을 춘다.

날렵한 요트는 더위를 실어 갈 듯
수평선 너머로 가자 손짓하고
끓는 지열(地熱)에 참나리 붉은빛은 더욱 빛나고
곱게 단장한 황금꽃이
넉넉한 미소로 7월을 반긴다.

(2018. 7. 14. 제주 김녕 해수욕장에서)

제주 돌담

숭숭 구멍 뚫린 제주 돌담
어설픈 듯 단단한
제주의 삶이 깃들어 있다.

낮은 듯 엉성해도
넘어서는 이 없고
이리저리 구멍 나도
어느 태풍에도 끄떡없었다.

숭숭 뚫린 돌담 구멍 사이로
세월이 흐르고
전설이 흐르고
대대손손 전통을 이어 온
제주의 삶과 정이 흐른다.

엉성한 듯 단단하고
드러낸 듯 감춰진
'혼저 옵서예'
정과 사랑이 넘나든다.

(2017. 9. 17. 제주에서)

꽃쟁이 며르

안나푸르나 ABC 고개

꽃쟁이 여로(旅路)

스쳐 가면 인연이요
스며 오면 사랑이라.
어디 사람만의 관계이랴.

들길에서 산길에서
고향에서 타향에서
오가며 주고받는 눈맞춤.

하늘, 땅도 나와 함께 있고
만물이 더불어 나와 하나인데
산들꽃인들 다름 있을쏜가?

꽃 그리움은 갈수록 깊어만 가고
꽃길은 가도 가도 끝이 없으니
꿈을 좇는 산새가 될까.
그리움 털고 바람이나 될까.
가도 가도 끝없을 꽃쟁이 여로.

(2023. 1월. 안나푸르나 ABC 트레킹을 회상하며)

꽃, 그리움 따라

꽃, 그리움 따라
나라 안과 밖,
산, 들, 강, 바다
헤매 도는 발길.

너르고 너른 사방 천지
높고 고운, 푸른 산, 들, 강에
꽃 그리움만 남겼나 보다.
생각 수록 철철이, 곳곳마다
되새김질 그리움만 어른거린다.

부탄의 도출라 고개
잉카의 트레킹 길
뉴질랜드 남섬의 마운트 쿡
그리움은 끝없이 나래를 편다.

뉴질랜드 마운트 쿡

기리는 길은 멀고 아득해 보이니

꽃 찾는 걸음걸음마다

꿈인 듯 삶이었고

삶인 듯 꿈이었나보다.

(2023. 1월. 마운트 쿡을 회상하며)

사할린, 쿠릴열도

142 박대문 시집

너른 바다 빈 배처럼

높고 푸른 하늘 아래
앞뒤, 왼쪽 오른쪽,
사방이 수평선에 갇힌
아무것도 보이지 않는
끝없는 동해.
그 바다에 낡은, 빈 배 하나
외로이 흘러간다.
어디에서 와 어디로 가나.

햇볕에 닳고
바람에 닳고
세월에 닳았다.
너른 바다 빈 배.

나도 그렇게 닳아간다.
나도 그렇게 흘러간다.
너른 바다 빈 배처럼.

(2018. 4. 13. 동해 한가운데 크루즈 선에서)

돌비 틈새의 춘란 한 송이

어찌하여 가녀린 꽃 한 송이가
이다지도 심란(心亂)하게 가슴을 휘젓는가?
아찔아찔 혼쭐나게 넋을 뒤흔드는가?

수륙만리 이역 땅,
외지고 후미진 숲길,
쓰레기 터 밑바닥,
맑은 혼이 암장(暗葬)에 갇힌
가슴 저미는 그 자리에 핀 꽃.

바라보니 곱고,
생각하니 가슴 미어진다.
임의 향기인 듯 암향(暗香) 그윽하고
뼈 시린 한(恨)인 듯 청명(淸明)도 하다.
천년무심 제단(祭壇)의 돌비 틈새에
곱고도 애잔히 피어난 춘란 한 송이.

(2018. 4. 16. 일본 가나자와 윤봉길 의사 암장지에 핀 춘란 한 송이)

현해탄의 일출(日出)

검은 바다, 검은 역사
헤집고 해가 솟는다.
현해탄 수평선에 해가 솟는다.
하 많은 세월 이 길을 오갔던 임들
꿈도, 한도, 못 이룬 사랑도 많았었지.
검은 바다는 보고 있었지.

먼 옛날 여몽연합군 수만(數萬)을 집어삼켰고
임란 때 700척의 병선(兵船)이 떴고
200년의 역사를 지닌 무적의 발트함대가
허망스레 수장(水葬)된 역사의 현장.
건너는 갔지만 돼 오지 못한 수많은 원혼과
이루지 못할 슬픈 사랑도 품어 안았지.
온갖 아픈 사연을 안고 흐르는 현해탄.

한도, 아픔도, 못 이룬 사랑도
붉게 붉게 불사르고
찬란히 솟는 저 태양!
어두운 어제는 잊자.
밝은 오늘만 보자,
현해탄의 저 붉은 태양처럼.

멀고도 가까운 이 땅과 저 땅.
질곡 진 역사 따라 멀어만 졌었지.
이제는 잊자.
떠오르는 새 아침의 태양을 보자.
그 아래 빛나는 밝은 세상을 보자.
한 많은 영령과 슬프고 아름다운 사랑,
불귀의 원혼이여!
현해탄은 오늘도 말없이 흐르더이다.
예전 그대로 그렇게 흐르더이다.

(2018. 4. 17. 현해탄에서)

사할린이라 하면

무겁고 암울함만 연상한다.
동토의 땅, 머나먼 땅, 사할린.
말 없는 자연은 안겨야 보인다.

초원 너머 아스라이 벌판 끝
푸른 산, 아득 바다, 하얀 구름
사할린 산천이 소름 돋게 곱다.

그 속에 안기고 빠지니
머릿속 사할린은 지워야 할 세상이다.
현기증 일게 사로잡는 매혹의 땅.
자연은 안기고 부딪혀야 알 수 있다.

우리도 모두
하나하나가 자연이다.
안기고 부딪혀야 알 수 있다.

(2017. 7. 30. 사할린 서부 해안에서)

날개하늘나리

지난겨울 너무너무 추웠기에.
이 여름 햇살 무한 감사드리는가?

푸른 하늘에 붉은 태양
너르고 푸른 초원 벌판에
하늘 향해 활짝 펼친 붉은 꽃 마음.
지난겨울 한추위, 이 여름 한더위
원망과 감사의 두 마음 담아 올렸다.

하늘 향해 띄우는 가슴 속 이야기,
어찌 만사가 원망뿐이고
일마다 기쁨뿐이랴.

바람처럼 스쳐 지나고 보면
살아 있음이 향기 나는 고락(苦樂)이더라.
스치는 바람에 전하는
날개하늘나리의 꽃 마음인가 싶다.

(2017. 7. 31. 사할린 서부해안에서)

제3부 • 꽃쟁이 여로

쿠나시르섬 가는 길

가 봐야 가는 거고
와 봐야 오는 거다.
쿠릴열도의 쿠나시르섬.

무변 광대한 태평양과
동토의 대륙 앞바다 오호츠크해를
갈라놓은 쿠릴열도.

기상도 변화무쌍,
비행 탑승 순서도 예측 불가.
주민 우선, 결항 대기자 우선 등
경비행기가 뜬다 해도
사하린스크와 쿠나시르 오가는
탑승객 선별은 그들만의 기준이다.

탑승권 들고서도 예약된 탑승 거부당하고
별수 없이 다음 날 비행기 고대하며
되돌아와 호텔 체크인 끝내고 짐 풀고 나니
특별기 띄운다는 뜬금없는 긴급 호출.
부랴부랴 공항에 다시 가 경비행기를 탔다.

올 때도 역시나였다.
해무가 짙어 비행기가 못 뜬다고 하더니
뜬다, 안 뜬다를 여러 차례 반복하다가
다음 날에서야 겨우 되돌아왔던
전설 같은 일이 실제로 있었던 곳.

겨우겨우 입도한 쿠나시르섬.
바다처럼 번져가는 조릿대 벌판을 헤집고
꿈길 같은 깊은 숲속으로 찾아간 칼데라,
골로브닌 분화구가 뿜어내는 유황 연기
전설처럼 모락모락 피어오르고 있었다.
쿠나시르섬 탐방 여정도 이제 전설이 되어 간다.

(2017. 8. 3. 쿠릴열도 쿠나시르에서)

스톨브차트이곶 파이프오르간

너른 북태평양 너울이 몰려들고
쿠릴열도 물새가 둘러 모였다.
스톨브차트이곶 파이프오르간 앞에.

하늘 높이 치솟은 주상절리(柱狀節理),
교회 벽면의 도레미솔 파이프 기둥이다.
장엄하고 섬세한 파이프오르간이
천상의 멜로디 연주자를 기다린다.

스치는 바람일까?
덮치는 파도일까?
밤하늘 별빛일까?

오르간 연주자가 뉜 지 몰라도
금세라도 터질 듯한 천상의 연주.
웅대하고 장엄한 파이프오르간 앞에
오늘도 파도와 물새는 방청객이 되어
천상의 멜로디를 기다린다.

오늘 밤도

휘황한 달빛이 조명을 켜고

스치는 바람은 이미

천 년을 오갔다.

(2017. 8. 3. 쿠릴열도 쿠나시르 스톨브차트이곶에서)

아시나요, 사할린의 망향탑을

가련다. 나는 가야 한다.
해방된 조국 찾아
고향 땅 부모, 형제 찾아
머나먼 얼음 땅
꽉 막힌 탄광 막장
눈물 빵에 목멘 징용 생활 끝내고.

복음 같은 해방 소식에
미치도록 기뻐했던 사할린 징용 광부
조국 가자, 고향 가자.
사할린 전역에서
물밀 듯이 찾아온 남쪽 항구 코르사코프,

패전국 일본 거주민, 귀환선 타고 떠나고
함께 끌려온 중국인, 고향 찾아 떠났는데
해방 맞은 한국인만 귀국선 소식 깜깜했네.
러시아도 일본도 '알 바 없다' 손사래 치고
조국 대한민국은 '나 몰라라' 손 놓고.

하릴없이 눈 빠지게 귀국선 기다리던
오갈 데 없는 사할린 징용 동포들.

바다 끝에 까만 배 한 척 보일 적마다
행여 우릴 찾는 귀국선 아닐까?
까치발 서다, 모둠발 서다,
더 높은 언덕에 올라
애타게 기다리다, 목매어 부르다,
굶어 죽고, 얼어 죽고, 미쳐 죽은
한 서린 동산, 코르사코프 언덕.

임들의 흔적은 바람처럼 사라지고
가녀린 한 조각 파이프 배 한 척만,
외롭고 쓸쓸히 그 자리에 서 있네.
이국 하늘 떠도는 외로운 혼이나마
고국산천 모셔갈 나루터 쪽배처럼.

코르사코프 언덕에 높이 솟아
오늘도 외로운 원혼을 달래는 쪽배 한 척.
사할린 망향의 동산, 망향탑을 아시나요?
아직도 마르지 않고 남아 있는
사할린 동포의 눈물을 아시나요?

(2017. 8. 5. 사할린 코르사코프 망향탑 앞에서)

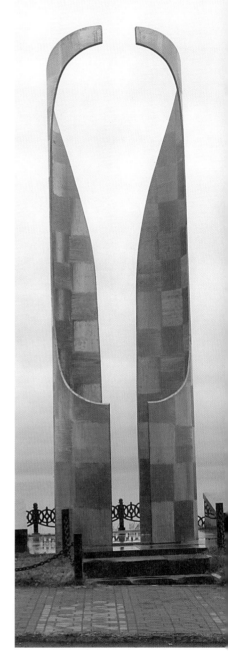

시라타케(白嶽山)
정상에 서서

한반도 대륙과 일본 열도,
대한해협 가운데에 쓰시마가 있다.

쓰시마의 명산(名山)
영험이 깃들었다는 영산(靈山)
정상에 서서 사해(四海)를 본다.

북쪽에 부산 50km
남서에 제주 230km
동쪽에 후쿠오카 120km

검은 바다는 알고 있다.
가깝고도 먼,
멀고도 가까운 두 땅 사이
얽히고설킨 침묵의 희로애락을.

오가는 사람의 정(情)도
서로 짓밟았던 침략의 광란도
세계사를 뒤엎은 발트 함대의 궤멸도
이 섬은 다 보았겠지.

숱한 감정이 회오리치는
쓰시마섬의 영산에서
연이어 이어지는 산마루 끝으로
끊어질 듯 이어지는 남태평양이 보인다.
이러하듯 그러하게 우리 사이
또 이어져 가겠지.
씁쓰레한 현해탄의 잔영과 함께.

(2019. 1. 23. 대마도 시라타케에서)

쯔쯔자키 전망대에 서니

드넓은 창창대해 외로운 섬
쪼매한 섬이 끝나는 땅끝에서
아스라이 먼 큰 바다가 시작된다.

적막과 고요 속 외로운 섬 하나
끝인 듯 시작하는 세상천지
물속에 물고기, 바다 위에 물새,
창공에 솔개가
생사의 놀음 짓으로 함께 살아간다.

햇살, 풍랑, 바람이 있고
하늘, 땅, 초목이 있고
꽃이 피고 지고, 새가 운다.
생명이 살아 숨 쉬는 자연이다.

꼬마 섬의 땅끝, 대양의 시작점에 서니
끝과 시작이 되풀이 이어지고
삶과 죽음이 공존, 순환하는
자연의 순리가 보일 듯하다.

(2019. 1. 24. 쯔쯔자키 전망대에서)

토노사키 쓰시마 해전 기념비 앞에서

역사는 흐른다.
승자의 편도
패자의 편도 아니다.

승리에 도취한 전승의 북소리도
수많은 전사자의 한(限)도
참담한 역사 앞에 스러져간 민초의 한탄도
한 갓 허망한 꿈일 뿐이다.

승자의 오만한 겸손,
패자의 굴욕적 용기,
순간의 착시일 뿐이라 한다.

아!
일체의 형상이
다 부질없는 허상이라고
서글픈 마음 달래며, 달래며
스스로 위로해야만 하는 서러움.
그 누가 알기나 하랴.

세상 초연한 척 설움을 삼키는
패자의 넋두리를 그 누가 아랴.

(2019. 1. 25. 대마도 토노사키 공원에서)

* 발트함대의 로제스 트벤스키 사령관이 부상 포로로서
도고 헤이하치로가 내민, 승자의 악수를 받고 있는 장면.

홍콩, 베트남, 싱가포르

홍콩의 야경(夜景)

황홀한 빛의 향연이다.

눈썰매 신나게 달릴 것만 같은
도심의 비탈 도로에
다닥다닥 솟아 있는 초고층 빌딩과
고층 담벼락에 붙은 듯 끼어 있는
낮고 작은 가게들이
밤이 되니 모두
한 점 빛으로 어우러진다.

복잡다단한 시가지 중심 차도(車道)가
골목길보다 더 아기자기하고
좁은 땅덩이에
첨단의 문명이 비집고 들어서니
선진화 고층 건물과
다닥다닥 난장판 가게들이
가쁜 숨을 몰아쉬며 함께 사는 세상이다.

(2017. 5. 19. 홍콩의 빅토리아 파크에서)

마카오의 가짜 하늘

하늘이 두 쪽이 난다면?
그건 안 되지.
세상에 오직 하나밖에 없는
하늘인데.

아니!
하늘이 두 쪽이 나게 생겼네.
가짜 하늘이 생겼으니.

마카오 변신은 무한이었다.
하늘도 가짜다.
하늘이 가짜라니
세상 참!

그 외의 것은
일러 무삼하리오.

(2017. 5. 20. 마카오의 가짜 하늘 아래에서)

다낭의 세속 열기에 빠지다

사철 푸른 월남의 다낭,
거리와 들판에 푸름이 넘쳐나고
화려한 원색의 열대 꽃이
계절 상관없이 나름 꽃을 피운다.

거리와 시장통은
각양각색 물색이 넘쳐나고
호객과 흥정 소리 득실거리며
하하 호호, 깔깔 낄낄, 웃음꽃 핀다.

호이안의 투본강 유람선과
코코넛 마을 대바구니 보트에
코리안 트로트가 쓰나미처럼 덮치고
들리는 건 온통 코리언, 한국말이다.

해가 지고 달 뜨면 거리는 더욱 화려해진다.
호이안의 투본강 야경은 불야성이다.
강물에 보트가 춘풍의 낙화처럼 흐르고
소원을 비는 촛불 종이배가 강을 덮으니.
베트남의 다낭은
풀꽃, 사람 꽃, 불꽃 열기만 타오른다.

해 뜨고 달 뜨고,

봄 가고 여름 가도,

낮밤, 사계절 구분 없이

피어나는 다낭의 세속(世俗) 열기.

생은 고달프지만

삶의 열기는 흥(興)인가 보다.

오늘 하루 퐁당

다낭의 세속 열기에 빠져버렸다.

(2019. 2. 14. 베트남 다낭에서)

카이딘 황릉의 황매를 보며

육중한 저승 돌 궁궐, 이승의 마당에
황제의 넋이런가?
황매 곱게 피워 꽃잎이 진다.

봄빛 같은 햇살 사철이지만
오가는 세월 앞에 지지 않는 꽃 있으랴.

이승의 영화 속에 천 년을 그리며
애써 세운 장엄한 저승 궁궐임에도
오가는 세월없는 황천에 묻히니
세월 따라 피고 지는
꽃잎 한 장만도 못하네그려.

(2019. 2. 15. 베트남 카이딘 황릉에서)

선짜반도의 해수관음상

어느 시기, 어느 곳인들
행복과 안녕을 빌지 않으리오만
긴 세월 외세에 시달리며 살아온
서러운 역사와 삶이 있었기에
안녕과 평안함이 더욱 간절했을 터.

티끌 같은 작은 정성 태산처럼 모아
섧고 한(限) 많은 언덕에
맑디맑고 푸르디푸른 꿈을 세웠다.

맑고 푸른 하늘 아래
풍요 넘실대는 너른 바다처럼
세상 풍파 사라지고
억겁 창생(蒼生)의 무탈을 빌며.

천년 무심(無心) 돌이지만
백옥처럼 하얀 마음 깃들고
맑고 순한 따스운 눈빛이 빛나니
어찌 이 땅에 부처의 가호 없겠는가.
영원, 평화 기리는 마음이
하늘에 닿고 바다를 덮으리.
영원무궁하리라.

(2019. 2. 15. 선짜반도 영웅사에서)

어렴풋함의 설렘, 싱가포르

알 것도 같지만 어렴풋한
가까운 것 같지만 먼
싱가포르에 가슴이 설렌다.

이곳에 발 닿은 지가
그 언제, 어디쯤이었을까?

작지만 커 보이고
섬이지만 반도 대륙의 끝 같은 곳.
동양이지만 서양 같고
한겨울이지만 한여름 같은
싱가포르를 본다.

작은 공간에 세계가 드나들고
다민족, 다문화, 다종교가 공생하며
개개의 건물이 낱낱이 다르면서도
한 도시의 다운타운을 이룬다.

각각의 다름에도
어렴풋이 하나가 되는 곳.
꿈과 설렘은 어렴풋함에 있고
그 안에 신비가 있나 보다.
신비의 싱가포르를 본다.
설렘 가득한 싱가포르를 본다.

(2020. 1. 2. 싱가포르에서)

Marina Bay Sands Sky park
(MBS 하늘 방주)

날자! 하늘 높이.
잃어버린 꿈을 찾아
새로운 희망을 찾아
실락원(失樂園)을 찾아
인도양을 넘어 하늘 끝까지.

노아의 방주(方舟)가
생명의 씨앗을 실었다면
MBS 하늘 방주는
싱가포르의 꿈을
동양인의 꿈을 실었다.

건축조형미의 신품(神品)이라는
자유의 여신, 에펠탑,
타워브리지, 오페라하우스가
서양 기술의 응집이라면
MBS 하늘 방주는
코리아 쌍용 기술의 표징이다.

인도양을 넘어
서양을 넘어
태양을 향하는 쌍용의 미래이다.

(2020. 1. 3. 마리나베이 샌즈 하늘공원을 바라보며)

싱가포르의 구름 숲
(Cloud Forest)

잃어버린 세계,
실락원(失樂園)을 찾는 인류의 갈망은
멈추지 않았다.
무릉도원을 찾고
샹그릴라를 찾았다.

클라우드 포레스트의
lost world,
또 하나의 이상향(理想鄕)이다.

우리의 원초적 태생지,
모태(母胎)처럼 따사롭고 포근하고
촉촉한 세상.
온갖 꽃이 만발하고
신비의 동굴과 계곡이 있는
환상의 세계.

스치듯 잠깐이지만

잃어버린 세상을 다녀온 듯했다.

(2020. 1. 3. 싱가포르 cloud forest에서)

꽃과 빛의 세계

환상과 상상의 절정이다.
슈퍼 트리 가든 랩소디.
번쩍이는 꽃 빛 위에
나의 넋을 띄운다.

둥실 뜬 마음도
빛을 탄 나의 넋도
꽃무지개를 올라탄다.

나는 본다.
꿈꾸던 세계를
잃어버린 태초의 그곳을.

이방(異邦)의 긴 유랑 끝에

꽃구름 맴돌고 무지개 피는

꽃과 빛의 세계를

비로소 나는 보았다.

(2020. 1. 3. 싱가포르 슈퍼 트리 그로브에서)

없고도 있는 것

센토사 멀라이언,
이제 실재는 없다.
기억에만 있다.

실재는 있어도
기억에서 사라지면 없고
실재는 없어져도
기억에 남으면 있는 것이다.

내가 본 센토사 멀라이언,
내 기억에 남는 날까지
나에겐 있는 것이다.

있어도 잊으면 없고
없어도 잊지 않으면
있는 것이다.

우리 또한 그러하지 않을까?
오늘도 잊지 않으려고
잊히지 않으려고 애를 쓴다.
애를 쓰는 것이 산다는 것인가 보다.

(2020. 1. 4. 철거 중인 센토사 멀라이언을 보며)

내몽골, 부탄

내몽골에 간다

내몽골에 간다.
아득한 그리움 땡기는
먼 먼 옛땅.

하얼빈, 자란툰, 아얼산, 우란호터, 쑹화강,
눈 아리게 펼쳐진 지평선 초원,
쏟아질 듯 걸린 창공의 푸른 별.
설레는 가슴에 손짓으로 다가온다.

아! 그리운
옛 북부여의 혼(魂)을 찾아
그 땅에 사는 우리 들꽃을 찾아
오늘도 방랑의 배낭을 멘다.

이번엔 또 어느 정붙이에 앵기어
이 넋이 흔들릴꼬?

(2018. 6. 26. 내몽골로 나서는 길에)

만주벌판에서

아득한 만주벌판,
동서남북이 지평선에 갇힌 곳
이리도 크고 넓은 세상이 있었던가?

광활한 땅,
광활한 벌판,
이를 광야(廣野)라 하는가?
비로소 광야의 의미를 체감한다.

아스라한 지평선,
허공(虛空)이 옥죄여 온다.

외로움을 배운다.

(2018. 6. 26. 만주벌판에서)

네이멍구 초원의 피뿌리풀

아득히 뻗어나간
넓고 푸른 네이멍구 초원에서
핏빛 꽃망울, 순백의 꽃잎,
피뿌리풀을 본다.

너른 초록 벌판에
무리 지어 피어나는 피뿌리풀.
불빛처럼 타오르는 꽃 너머로
대륙을 휘젓던 칸 제국의 붉은 함성과
벌판을 내 달리는 말발굽 소리가
들리는 듯하다.

핏빛 꽃망울 너머로
공활(空豁)한 몽골의 하늘이 열려있다.
순백의 꽃 이파리에서
잊힌 세월의 흐름을 본다.

멀리 한반도 남단 제주 오름에서
연명하듯 한둘 피어나는 피뿌리풀에서는
삼별초 군의 피맺힌 한이 서린

슬픈 정열의 꽃으로 보이더니만
대륙 벌판에 무리 지은 피뿌리풀을 보니
칸 제국의 힘찬 기백과 함성이 들린다.

꽃 한 송이도 피는 장소와 주변 따라
이리도 느낌과 감회가 다르니
세월 흐름 따라 변하는 세상사 또한
일러 무삼하리오.
만상(萬象)의 상념이 다투어 피어난다.

(2018. 6. 26. 만주벌판에서)

아얼산 대협곡(阿尔山 大峽谷)

오직 바윗덩이와 돌멩이만 널브러진
가파른 돌 비탈과 깊은 돌 계곡의 거친 땅.
무심, 무정, 무생명의 골짜기.
그 틈새에도 초록의 숨구멍이 있었다.

바위틈 사이사이 햇살이 스쳐 가는
그 좁은 틈새에
산들꽃의 몸부림과
생의 숨결이 팔딱이고 있었다.

처절한 생의 몸부림으로 피워낸
저 붉디붉은 연지화(胭脂花)는
뉘를 향한 연정(戀情)인가!

하늘에는 빙빙 솔개가 맴을 돌고
바윗덩이 널브러진 너덜겅엔
이리 들 쑥, 저리 날 쑥
돌토끼가 생사의 숨바꼭질을 벌이는 곳.

나는 보았다.
나락(那落)의 골짜기에서,
대협곡 밑바닥 실개천 줄기 따라
바윗돌 사이사이로 전설처럼 흐르는
돌멩이보다 모진 생(生)의 기운을.

(2018. 6. 26. 아얼산 대협곡에서)

내몽골 풍경

하얼빈역에서 내려
가도 가도 산이 보이지 않는
만주 벌판 자동차 길, 7시간.
비로소 지평선 너머 산 그림자가
눈앞에 어른거린다.

내몽골 입구 아영기라 한다.
사막 같은 초원일 것이라는 알량한 상식은
여지없이 무너져 내렸다.

초원은 광활하고
잎갈나무, 자작나무 숲도 울창하기 이를 데 없는
삼림자원 풍부한 광활한 대지였다.

비로소 광야(廣野)가 무엇이고
광활(廣闊)하다는 뜻이 무엇인지
단어의 의미를 알 수 있었다.

(2018. 6. 27. 네이멍구 아룽기에서)

환경 너머 자연을 보다

내가 서 있고
내 주변에
풀, 나무, 허공이 있었다.
환경이 그러했다.

사방(四方)이 지평선,
어느새
주변에 갇히고
허공에 갇혔다.

'나' 중심인 환경을 벗어나
환경 너머 자연을 본다.
금세 모두가 자연 속 한 점(點)이 되었다.
나도 들꽃도 벌판의 한 점이었다.

비로소 자연 속의 '나'를 보았다.

(2018. 6. 28. 내몽골 네이멍구 벌판에서)

차이허(柴河) 동심천지(同心天池)

신비의 하늘 연못, 천지(天池)
오직 백두산에만 있는 줄 알았다.

네이멍구 다싱안링산맥 줄기에 천지(天池)가 한둘이 아니었다.
천지(天池, Tianchi)가 천지 삐까리였다.
동심천지(同心天池), 천산천지(天山天池), 타봉령천지(驼峰岭天
池), 아얼산천지(阿尔山天池), 월량천지(月亮天池).
모두가 화산 폭발에 의한 칼데라호이다.

금빛 찬란한 햇살이 호면에 쏟아졌다.
금빛 물결에 뒤덮인 동심천지(同心天池).
새벽이면 하얀 운무가 짙게 호면을 덮다가
햇살 퍼지면 스멀스멀 산 위로 올라가는
신비의 차이허(柴河) 동심천지(同心天池).

백두산 천지 물은 북으로 흐르고
동심천지 물은 남으로 흘러 서로 만난다.
남과 북이 서로 만나 쑹화강이 되고
헤이룽강(아무르강)에 합류하여 오호츠크해로 간다.

한반도 백두 천지(天池),
네이멍구의 여러 천지(天池)는
북으로, 남으로 흘러 합수하여
하나의 강줄기를 이룬다.
부여, 고구려의 옛 영토이며
항일독립운동군이 활약했던 만주벌판을 감싸고도는
쑹화강의 남북 발원지이다.

남과 북의 천지(天池) 물이 합수하여
하나의 쑹화강, 헤이룽강 강줄기를 이루듯
이들 유역의 모든 몽골계 인종(Mongoloid)이
하나의 세계가 되는 날은 한낱 꿈이런가?

아련한 꿈속에 젖어본 하루였다.

(2018. 6. 28. 네이멍구 차이허 동심천지에서)

202　박대문 시집

이것도 신토불이(身土不二)인가?

너는 무엇이고
나는 무엇인가?
세상만사 신토불이?

몽골 초원의 산(山)이
민둥인가? 울창인가?
앞 기슭은 깔끔 단정(端正),
산마루 뒷숲은 울울창창.

몽골인 헤어스타일 변발(辮髮)은
앞머리, 옆머리는 까까중,
뒷머리는 장발(長髮).

신토본래무이상(身土本來無二像)이니
사람도, 땅도 둘이 아니라면
풍속도 따를 수밖에.
이것도 신토불이인가?

(2018. 6. 29. 네이멍구 아얼산에서)

꽃밭에 살으리

살으리 살으리 꽃밭에 살으리.
들꽃 만발한 귀류하(归流河) 강변 꽃 벌판에
철퍼덕 주저앉아
발 뻗고 턱 괴고
눈망울에 꽃망울 담고.

벌판 너머 산마루의 푸른 하늘에
흰 구름 동동.
한들대는 노랑양귀비 꽃물결에
내 마음 동동.
피어나는 흰 구름에 마음도 얹어보고
지나는 들바람에 흔들려도 보고.

한 포기 풀이 되리.
한 줄기 꽃대 되리.
바람 따라 흔들리고
꽃 향 따라 퍼져가리.
들양귀비 만발한 귀류하 강변에서.

(2018. 6. 30. 네이멍구 싱안맹 귀류하 강변에서)

귀류하(归流河)를 굽어보며

세월 따라 흐르는 게 강물이라는데
흐를 줄 모르는 귀류하(归流河) 강물은
세월을 거부하듯 제 자리에 맴돈다.

좌로 꺾고 우로 꺾고
굽이굽이 물줄기는 뻗어 갈 줄 모른다.
품고 안은 사연이 하 많아서
흘러가다 돌아서고
돌아서서 머뭇대는가?

흘러간 역사 속에 수많은 사연,
물가의 산들꽃, 뛰어노는 양 떼들
돌아보고 다시 보고 못 잊나 보다.
그래서 이름도 귀류하(归流河),
돌아서서 흐르는 강인가 보다.

세상사 어찌 앞만 보고 갈쏘냐?
때로는 돌아보고 머물기도 해야지

흐르는 강물도 멈출 곳은 멈추고
흐를 곳은 흐르는데.

맑고 파란 하늘에 흰 구름이 곱다.
귀류하(归流河) 푸른 초원에 물줄기가 곱다.
돌아서고 멈추고 휘돌아가는
귀류하 평원이 곱기도 하다.
내 삶의 귀류하 평원은 어디에서 찾을꼬.

(2018. 6. 30. 귀류하를 굽어보는 아오바오(敖包)에서)

차간호(査干湖)에 서서

지금은 멀고 먼 이국땅.
장엄하고 아름다운 차간호를 바라본다.

밀려오는 잔잔한 물결처럼
먼 먼 옛 선조의 혼령이
알게 모르게 스멀스멀
전신을 에워싸는 것 같다.

곳곳에서 느껴지는
내 고향 산과 들, 풀과 나무,
강과 흙의 아늑한 훈기(薰氣).
정녕 이국이 아닌
아득히 먼 본향(本鄕)의 느낌이다.

끝 모를 수평선이 아물거리듯
잊혀진 역사도 아물거린다.
이곳의 근원은 어디일까?
더듬고 또 더듬어 본다.

찾고 더듬고 불러본다.
까마득히 먼 옛날
고조선, 옥저, 부여, 고구려의 강토를.
눈 시퍼런 오늘날,
만주 벌판을 헤매던 순국의 선열들을.
차간호는 알고 있으리.

(2018. 7. 1. 만주 흑룡장성의 차간호에서)

코리언 타임, 그 시절

1960년대 한창 성장하던
그 시절이 생각난다.
코리언 타임!
국제적 오명(汚名)이었지만
우린 아무렇지 않게 살았었다.

사할린에서 쿠릴열도 가는데
로컬비행기가 간다, 아니 간다,
여러 차례 반복하다가
결국 다음 날 겨우 갔던 적이 있다.

또한, 울란바토르에서 홉스굴 가는 길
9시 반 비행기가
공항에 오니 3시간 지연이란다.
3시간 후 다시 오니 또 1시간 지연,
그 후 또 2시간 지연하더니
15시 30분에 홉스굴을 향해
비상의 나래를 폈다.
오늘 출발한다는 것이
감사할 따름이었다.

하루하루를 널널하게
보채지 않고 사는 이들의 삶,
짜증을 낼 수밖에 없는
선진문화인의 안달과 긴박한 삶.
어느 쪽이 행복한 삶일까?
코리언 타임, 그 시절!
나름 여유와 숨 고름이 있었던 그 시절.

(2019. 8. 29. 몽골 홉스굴 가는 길에서)

은박지 구긴 듯한 몽골 산하(山河)

날렵한 경비행기
몽골 하늘을 난다.

내려다본 몽골 산하(山河)
산, 들, 계곡, 봉우리,
은박지를 구긴 듯
오밀조밀, 아기자기
힘살과 실핏줄처럼
산줄기, 강줄기가 이어진다.

땅 있고 사람을 비롯해 마소 있어
초원의 샛길이
실핏줄처럼 엉겨 흐른다.
소와 양이 노닐고
말과 자동차가 달린다.

너르고 너른 몽골 초원,
은박지를 구긴 듯한 산하에
삶과 꿈, 역사가 숨을 쉰다.

(2019. 8. 29. 몽골 상공을 날며)

홉스굴 밤하늘의 별

초롱초롱 별도 많다.
극지(極地)의 적막강산.
그 흔한
밤새의 울음소리조차 없다.

위선과 기만,
때, 곳 없이 부릉대는 자동차,
하늘에 치닫는 허욕(虛慾)의 불빛,
문명과 치열 경쟁의 도시를 떠나
외롭고 순수한 영혼들,
홉스굴 밤하늘의 별이 되었나 보다.

번잡(煩雜)에 짓눌린 일상을 털고
순수에 멀어져 간 우리 빈 가슴,
보듬고 맞대며 이곳에 살까?

(2019. 8. 29. 내몽골 홉스굴(Khovsgol)에서)

물안개 피는 홉스굴호

신천지의 기운(氣運)이 감도는 홉스굴호
팽팽한 천기(天氣)가 스멀스멀 흐른다.

하늘엔 눈부신 흰 구름 동동,
새파란 호면에도 흰 구름 너울너울,
이 가슴에는 새 기운이 넘실넘실.

떠오르는 햇살 아래
하늘, 땅, 사람이 하나 되어
신비와 환상의 물그림자로 태어난다.
정령(精靈)처럼 감싸고 도는 물안개 피는 곳에서.

(2019. 8. 30. 홉스굴호 물안개 속에서)

홉스굴호에 빠진 하늘

광활한 천지 있어
드넓은 물바다 있는가?

멀다. 아스라하다.
저 끝이 하늘인가?
호수인가?

가없이 뻗어나간
쪽빛 물 끝자락에 서서
호수에 잠긴 하늘을 본다.

어찌 하늘과 구름이
호수에 빠졌을꼬!

호수에 빠진 하늘 위로
시원스레 달리는 배,
하늘과 구름 위를 스쳐 가는 배에서
하늘을 쳐다본다.
또 다른 하늘을 내려다본다.

하늘에 떠 있는, 호면에 잠긴
흰 구름이 참 곱다.

(2019. 8. 30. 홉스굴호면 선상에서)

홉스굴의 새아침

홉스굴의 새날이 밝아온다.
여명 속에 별도 자리를 뜬다.

게르(Ger) 문을 여니
게르(Ger)도 새 모습이다.
상큼한 새벽공기가 밀려든다.
몇 년 전만 해도
나무 때는 난로였는데…
전기난로로 바뀌었다.
전기 콘센트도 멀티탭이다.
몽골도 급속 변천 중임을 실감한다.

어스름 새벽빛이
홉스굴호를 밝힌다.
맑은 새벽 빛살 속에
운무가 절경이다.
희귀야초가 지천이다.
홉스굴의 새날이 밝아온다.

(2019. 8. 30. 홉스굴호변에서)

몽골의 홉스굴호(Khovsgol Lake)

광활한 대자연, 너른 초원,
인간의 탐욕이 뻗치지 않은 ,
스스로 있는 자연(自然), 빈 벌판.
머리 숙여 무릎 꿇으니
바닥에 온갖 꽃이 비로소 맞이한다.

사람을 위한 길이 아닌,
소와 말, 가축의
원시 자연림 속의 길.
한 마리 길짐승 되어 거닐어 본다.

숲 향이 진한데도
산새 소리조차 없고
다람쥐 등의 부스럭거림도 없는
적막의 숲속, 함묵의 천지에서
대지의 들숨과 날숨을 느낀다.

가없는 연초록 초원에
해지고 밤 되면 먹빛 하늘,
천자문의 천지현황(天地玄黃)을 본다.

눈 시리게 파란 하늘에
백옥의 솜구름이 꽃처럼 피어나고
먹빛 밤하늘에는
도시에서 쫓겨난 길 잃은 별들이
다닥다닥 붙어 피난살이 하는 듯
밤하늘엔 온통 별만의 놀이터.

칼 출퇴근에 얽매임 없이
아침나절, 저녁나절, 밤만으로
하루를 가늠하고 널널하게 살아가는
예전의 그 삶을 보채듯
아련함을 곱씹으며
우려내고 보듬고 싶은
순수의 행복감에 젖어본다.

(2019. 9. 7. 홉스굴호에서)

몽골의 야산, 열트산 초원의 길

높지도 낮지도 않은 민둥 초원
나작나작 하염없이 거닐어 본다.

산인 듯 언덕인 듯
펑퍼짐한 봉우리들
하늘과 산마루가 맞닿은 능선
공지선인가? 지평선인가?
이 세상인가? 저 세상인가?

공지선에 아련히 걸친 언덕마루!
말, 소, 양이 떼 지어
초원을 누빈다.

고개 들면 아스라이 먼 듯한 능선!
몇 숨 부지런 떨면 곧장 언덕마루에 서고

신기루처럼 또 다른 능선이
피안의 세계인 듯 손짓한다.
멋진 새 풍경화가 생겨난다.

다음 능선에 올라서면
어떤 풍경이 기다리고 있을까?
아스라이 먼 듯한 언덕마루 위에
흐르는 흰 구름이 마냥 곱다.

(2019. 9. 1. 테렐지 열트산 언덕마루에서)

솔가리 한 짐의 행복

굽이굽이 휘돌아가는
부탄의 깊은 산속 신작로에서
빈 바구니 등에 멘 채
어느 쪽 산으로 갈까.
서성대는 부탄의 아이들,
한 모퉁이 바로 돌아가니
솔가리 한 짐 가득 채워
가슴 뿌듯한 행복감에 젖어
산에서 내려오는
또 다른 부탄의 아이.

메아리도 살 수 없어 떠나버렸다는
황톳빛 민둥산에서
솔가리 갈퀴질 피나게 긁어대던
먼 옛날 어린 시절의 나를
다시 보는 것만 같다.

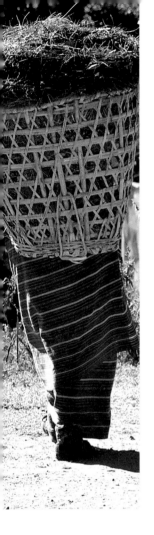

다른 또래 애들은 빈 바구니 메고
어디에 가서 한 짐을 채울까 서성대는데
혼자만이 아는 은밀한 노다지 골에서
솔가리 한 짐 가득 지고 나오는 저 아이,
뿌듯하고 기쁨 넘치는 만땅의 행복감!

민둥산에 살 수 없어 떠나 버린 메아리처럼
궁핍 모르는 우리에게서는 이미 떠나가 버린
솔가리 한 짐의 행복!
부탄의 아이들은 온몸으로 즐기고 있다.

아! 이제는 잃어버린
신기루가 아닌 '소확행'
소소하지만 확실한 행복,
솔가리 한 짐의 행복.

(2018. 1. 1. 부탄왕국의 파로(Paro)에서 하(Ha)로 가는
Chhudzom Haa Road에서)

사갈라 고갯마루에 서서

고희(古稀)를 맞는 새해 첫날
머나먼 히말라야산맥 동쪽 자락
부탄의 하(Haa) 현(縣)에서 사갈라(Sagala)를 넘어
파로(Paro)로 간다.

원시 밀림 침엽수 숲속을 지나
턱에 닿는 가쁜 숨 몰아쉬며
3,720m 사갈라를 오르는 걸음.
세월의 무게만큼 발도 무거워졌구나.

둔중하고 묵직한 야크(yak)의 눈빛에
섬뜩하면서도 반가운 것은 웬 심사인가?
야크가 사는 세상만큼 높이 올라왔다는 희열?
나를 보고 피해 가는 야크에 미소를 보낸다.

드디어 올라선 사갈라 고갯마루
신(神)들이 산다는 히말라야 설산(雪山)이 불쑥 솟는다.
지추 드레이크(Jitchu Drake) 설산이 눈 앞을 가리니
가쁜 숨 몰아쉬던 가슴도 시리다.

내 언제 이 선경(仙境)에 다시 설 날 있을까?
하늘 끝에는 설산이,
맞은편에는 탁상곰파가 눈길을 맞이하는
부탄의 사갈라 고갯마루.
샹그릴라 같은 사갈라에서
무술년 첫날을 맞는다.

(2018. 1. 1. 부탄의 사갈라에서)

탁상곰파에서

한 점 둥실,
사바 세파(世波)에 피어난 수련(睡蓮)인가?
천 년 무심(無心) 암벽에
꽃 맺은 지란(芝蘭)인가?

수련의 고운 모습
탁상곰파로 피어나고
지란의 향은 불심(佛心) 되어
예까지 이어 왔는데
꿈꾸는 샹그릴라는
어디메서 찾을까?

무심한 흰 구름
유정(有情)한 산마루를 넘는데
미련 많은 이 마음은
오늘도
천 길 암벽 벼랑 끝을 맴돈다.

(2018. 1. 2. 부탄 탁상곰파에서)

도출라(Dochula) 고개에서

팀푸와 푸나카 사이에 도출라가 있다.
바람도 구름도 쉬어 넘는 고개,
도출라 카페에서 한 잔 차를 마신다.

해발 3,000m의 도출라 카페에서 창밖을 보니
해발 7,000m를 넘는 신(神)의 세계,
마상강, 강카르 푼순의 하얀 설산이
내 눈(目) 아래에 펼쳐져 있다.

어찌 저 높은 설산(雪山), 신의 세계가
나의 눈 아래에 있단 말인가?
내 눈으로 보면서도 믿기지 않은 이 선경(仙境)!
찰나의 인생에 찰나의 착각인가?
작고 작은 나라 부탄의 고갯마루 카페에서
티베트 설산, 신(神)의 세계를 내려다본다.

우뚝한 상록수 숲 너머에 펼쳐진
하얗게 광채 나는 아득한 설산.
흰 구름 흐르는 저 티베트 설산 어느 곳에
꿈속 같은 샹그릴라가 있다고 했지.

가볼 수 없는 샹그릴라를 왜 기리는가?
도출라 카페 차 한 잔이
이리도 곱고 아름다운 행복에 젖게 하는데.

도출라 카페에서 행복을 본다.
볼 수 있는 것과 없는 것,
할 수 있는 것과 없는 것,
구분 못 해 뒤엉켜 살아온 한 세상.
인생살이와 신의 영역을 뒤섞지 않으면
실망도 없으려니 그게 행복이요.
어쩌다 신의 영역으로 착각한
그 속에 들라치면
그보다 더한 행복이 또 어디 있으랴.

신의 영역이 아닌 인간 살이.
지금이 행복이다.
카르페 디엠(carpe diem).
오늘의 행복,
내일은 더 숙성되겠지.

(2018. 1. 3. 도출라(Dochula) 카페에서)

푸나카 종(Dzong)에서

하루 아침에 이루어지랴.
오늘의 찬란함이.
파드마삼바바의 예언과
샤브드룽의 영혼이 담긴
오랜 세월 염원으로 이루어진 하늘궁전.

아버지 강, 어머니 강이 어우러져
하나 되는 두물머리에
하늘과 땅을 아우른 듯
우뚝 솟아오른 연화화생(蓮華化生).
긴긴 세월 흘러 연륜의 흔적 역력해도
푸나카 종의 장엄함은
언제나 지금이 최상의 모습이 아닐까?

기다린 세월,
살아온 세월,
셈하자면 모두 길어 보이지만
지나고 보면 찰나 아닌가?
찰나의 인생에 소유인들 영원하랴마는
하늘궁전에 기도하는 맑은 영(靈)은 영원할 터.

잠시 머물다 가는
바람 같은 순간에
작고 소박하게 비운 마음으로
지금의 행복에 감사하는 삶.
이보다 더 나은 행복이 있으랴.

모든 것은 다 사라지는 것,
있는 것은 오직 지금뿐임을
푸나카의 하늘궁전이 말해 준다.

(2018. 1. 4. 부탄 푸나카 종(Punakha Dzong)에서)

은둔의 땅, 포브지카 계곡에서

높고 아득한 히말라야의 산자락,
태산 같은 얼음덩이가 깔고 뭉개어 만든
포브지카 빙하계곡.

흰 구름 피어나는 고원 산지에
선학(仙鶴)과 요초(妖草), 정적만이 머물고
마를 새 없는 실개천과 들고나는 흰 구름이
온갖 생명을 품어주는 풍요의 땅.

하늘을 오가는 선학이 떼 지어 겨울을 나고
가난한 마음으로 자연 더불어
길짐승, 날짐승 어울려 사는 이상(理想)의 세계.

하늘이 열린 후 그대로인 원시의 땅에
놔둘 수도 없고, 막을 수도 없는,
스멀스멀 기웃거리는 문명의 그림자.

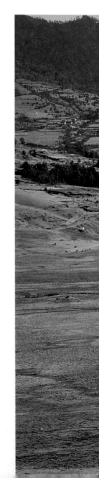

선경을 엿본 행인의 가슴에
시름이 시름시름 그치지 않고 피어나는 것은
또 어인 시름일까?

(2018. 1. 6. 부탄 포브지카 계곡에서)

샹그릴라(Shangri-La)는 어디에

꿈꾸는 샹그릴라!
히말라야산맥 어디엔가 있다지.
신비의 땅.
생로병사를 넘어선
불가사의의 선경(仙境).

히말라야 설산 너머에서
선학이 떼 지어 날아드는 곳,
해발 삼천 미터가 넘는 달빛 푸른 계곡,
하늘엔 선학이 천복(天福)을 노래하고
땅 위엔 온갖 요초와 짐승의 생(生)이 함께 하는
안온하고 먹거리 궁핍 없는
부탄의 포브지카 계곡.

선경이 따로 있다더냐?
온갖 생(生) 다툼 없고 부족함 없이 사는 곳,
예가 바로 샹그릴라(Shangri-la) 아니런가.

(2018. 1. 6. 부탄 포브지카 계곡에서)

사실라(Shasi La)를 넘으며

히말라야 산중의 포브지카 계곡,
선학이 떼 지어 날고
천상의 축복이 가득한
속리(俗離)의 땅.

흐르는 구름도
자욱한 밤안개도
속리(俗離)의 세계를
차마 떠나지 못해
부질없는 미련에 겨워
성에꽃으로 엉겨 붙은 사실라 고개,
햇살 퍼지면 이내 사라지고 말 것을.

돌아보고 또 돌아보며
사실라 고개에 올라
꿈결 같은 계곡을 돌아보니
아득한 첩첩 산마루에
흰 구름만 동동 흐른다.

세상 소식 단절하니
근심도 걱정도 잊어버린
속리의 별천지.
지나고 보니 그립다.
이 고개 내려서면
속세(俗世)에 든다.

속리의 세계에서는
인간 속세가 그립고
속세의 세계에서는
속리가 그립고
참으로 알 수 없는 것이
부질없는 그리움인가 보다.

(2018. 1. 7. 부탄의 포브지카 사실라에서)

아! 부탄

히말라야 설산(雪山) 동쪽 산자락에
깊이깊이 들어앉은 은둔의 땅.
막히진 않았어도
들고남이 쉽지 않은 머나먼 땅.

기차도 없고 공항도 하나뿐,
고봉 준령의 협곡 사이로
이슬처럼 살포시 내려앉아야 하는 곳.

가진 것 적고 부족함 많아도
아는 것 없고 불편함 많아도
산새처럼 풀처럼 자연 더불어 사는 곳.

흘러간 세월, 다가오는 내일보다
지금의 만족이 행복의 비법이란다.
Small, Simple, Slow.
Carpe Diem.

선학(仙鶴)이 떼 지어 하늘을 날고
천상의 축복이 가득한
속리(俗離)의 땅.
여기가 샹그릴라 아닌가.

세계 최대의 불상(佛像)이 지켜보며
룽다를 흔드는 바람이
행복을 전하는 곳.
탁상 곰파의 전설이 신비를 더하고
도출라의 비경이 눈을 홀리고
포브지카의 선경에 속세를 잊고
모닥불 송별연에 신명을 태운 곳.

가슴에 찍힌 주홍글씨런가?
지울수록 또렷이 살아나는
아! 잊지 못할 부탄!
그 잔향(殘響)이 갈수록 크게 울린다.

(2018. 4월 부탄왕국을 기리면서)

페루(마추픽추), 볼리비아(우유니), 갈라파고스

여행의 마력에 빠지다

북반구 한겨울에 한반도를 떠나
남반구 한여름의 적도를 지나왔다.

덕 다운에 털장갑 끼고
한겨울 대낮에 집 나와 꼬박 하루 만에
한여름 한밤중 잉카의 도시 리마에 서다.

기화요초 녹음 짙은 뜨거운 거리,
반소매, 긴소매? 더울까, 탈까?
이 차림, 저 차림?
생소한 이국땅 외출 옷차림
별별스런 차림새가 머리에 맴돈다.

섣달그믐 한겨울에
한여름 더위 속 낯선 도시에 서니
엘리스의 이상한 나라에 온 듯하다.

내 언제 옷차림에
이리 골몰해본 적 있었나?
추운지 더운지, 철모른 적 있었나?

오늘도 요정의 나라에서
미지의 마력에 빠진 듯
이상한 나라의 앨리스가 되어 가나 보다.

(2016. 12. 31. 페루 리마에서)

잉카의 몰락과 개화의 허상

200명도 채 안 된 서구 용병이
남미 대륙을 휘젓던 제국을 짓밟고
8만의 전사를 거느린 잉카 황제를
몰락시키다니.

황금에 싸인 코리칸차 신전의
슬픈 종말이 허망하다,
단지 장식용에 불과한 금덩어리에
서구 이방인들은
왜 그리도 눈이 멀어 목숨을 걸었을까?

화해의 손짓으로 초대해 놓고서
신(神)을 바꾸라며 성경책을 건네고
잉카의 황제가 이를 물리쳤다고
졸지에 겁박하다니.

몸값을 황금으로 받아 챙기고서도
끝내는 목숨마저 앗아간
개화한 서구 문명의 야비함이여!

개화라는 이름의 새 사상과 문물,

선교 활동이라는 하느님 말씀의 전파,

이것이 개화이고

이것이 선교(宣敎)라 말할 것인가?

오직 그들만의 탐욕 행위이고

허상일 뿐인 것을.

(2017. 1. 1. 페루 쿠스코에서)

잉카 하늘의 초승달

잉카의 서편 하늘에
저무는 초승달이 묻는 듯하다.
뭣이 중한디?
황금? 하느님 말씀?
목숨보다 중한 게 어디 있간디?

아! 기우는 초승달!
사라진 잉카제국의 서편 하늘에
저무는 초승달 바라보니 섧다.
달은 그 옛날과 다름없거늘
보는 마음 왜 이리 섧고 아리며
세상은 왜 이다지도 변했을꼬.

지나온 한 역사가
살아온 한 세월이
휘날리는 물보라에 스치는
빛살처럼 사라지는 섬광같이
허무한 영화런가?

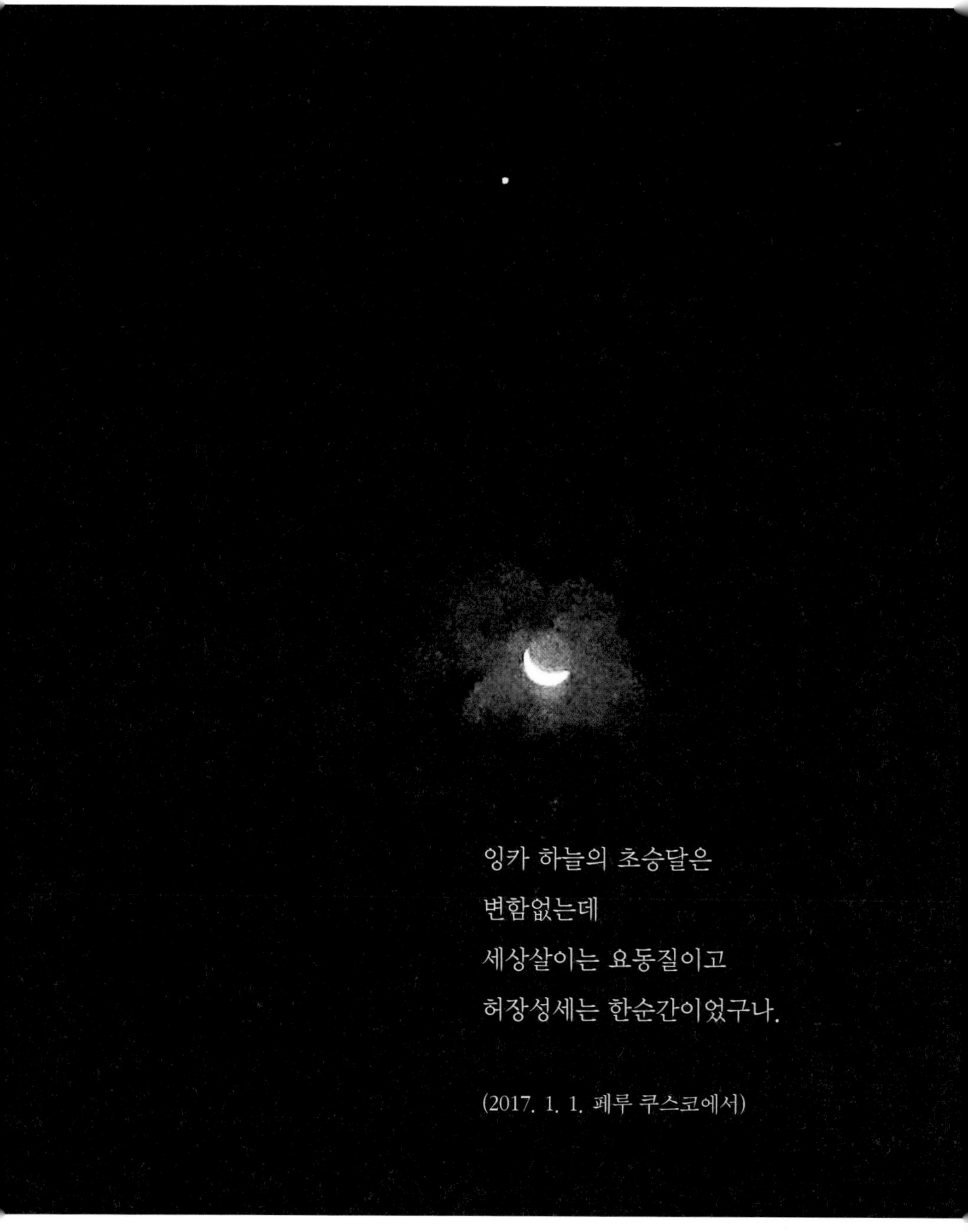

잉카 하늘의 초승달은
변함없는데
세상살이는 요동질이고
허장성세는 한순간이었구나.

(2017. 1. 1. 페루 쿠스코에서)

오얀따이 땀보의 돌담 두렁

잉카 최후의 결사 항전지
오얀따이 땀보.
해묵은 고서(古書) 쌓아 두듯
가지런하고 정교한 돌담 두렁.
몸 닳아 쌓아 올린 두렁 사이로
드러난 맨땅이 눈물겹다.

천수답에 쌓아 올린 층층의 논두렁이
우리의 한 맺힌 가락이었다면
켜켜이 쌓아 올린 잉카의 돌담 두렁은
인디오의 피맺힌 응어리일런가.

돌담 두렁을 바라보는 눈시울이
마냥 뜨겁기만 하다.

(2017. 1. 2. 잉카의 길, 오얀따이 땀보에서)

와이아밤바 계곡에서

머나먼 지구 반대편,
남미 잉카의 나라
와이아밤바 깊은 계곡에서
하룻밤 야영을 한다.

마주하는 만년 설산(雪山),
베로니카 눈빛에 가슴이 시리다.
이국땅 밤하늘의 별빛은
고향의 빛과 여여(如如)하다.
밤새 계곡의 물소리 골골을 울린다.

은은히 빛을 뿜는 베로니카 설산,
별빛 괴괴히 흐르는 밤하늘,
와이아밤바 계곡의 물소리는
잉카 영혼의 울림인 듯
밤새 산자락을 휘감고 맴을 돈다.

장중히 흐르는 영혼의 울림이
온몸을 휘감아 돈다.
시린 가슴 속에
잉카의 파문(波紋)이 어룽져 온다.

(2017. 1. 2. 와이아밤바 계곡에서)

'죽은 여인' 고개를 넘으며
- 해발 4,250m 잉카 트래킹 길에서-

안개 자욱한 저 아랫길
어찌 왔나 내리 보니 가슴 뿌듯한데
고개 들어 고갯마루 쳐다보니
눈앞이 깜깜.

등에 진 짐에 가려
몸뚱이는 보이지도 않은
차스끼의 후예들은
바람처럼 앞질러
이미 고개를 넘어갔다.

가슴은 저만큼 앞서가는데
발바닥은 땅에 붙어 제 자리이니
내딛는 한 걸음 한 걸음은
단내 나는 가쁜 숨의 몸부림이다.

퍼질 듯, 꺼질 듯, 자지러질 듯,
몸뚱이는 한계점에서 허우적거린다.

독하고 끈질긴 근성으로 버텨냈다고,
이성적 의지로 이겨냈다고 대견해했다.

하지만, 되새겨보니
세월 속에 허물어져 가는
내 생의 현 위치를 들춰낼 뿐이었다.

누가 가는 세월을 버티고 이겨내랴.
세월아, 가려무나 끝까지 따라가마!
앞선들 어떻고 뒷선들 어떠냐.
가다가 머무는 곳이 내 쉼터일러니.

(2017. 1. 3. 와르미아 누스까 (Warmiwa Nuska) 고개를 넘으며)

잉카 땅의 멋진 캠핑

잉카의 신전.
마추픽추를 눈앞에 두고
하늘 가까운 인디오 땅에
오늘 하루 나의 쉼터
텐트 자리 하나 만든다.

첩첩산중 고산에서 발아래 구름 두고
머리맡 밤하늘 별빛 속에
사라진 옛이야기 듣는다.

하늘과 땅, 바람,
그리고 만년 설산의 속삭임
밤새 이어지더라.

어두운 밤 가고 새벽 밝으니
밤새워 들은
세상사 전설이 공허하더라.

무엇을 바라랴.
빈손으로 오가는
짧은 여정, 한 살이 인생에
멋진 하룻밤을 구름 속에 보냈으니.

무엇을 더 바라랴.
오늘 하루도
멋진 삶이었는데.

(2017. 1. 4. 잉카의 길 뿌유파타마르카에서)

마추픽추를 내려다보며

아득한 안데스 고원
잉카의 길을 걷다.
바람처럼 내 닫던
차스끼의 길을 따라
잃어버린 전설을 찾아
머나먼 전설의 땅을 찾아.

골골이 피어나는 하얀 구름,
전설처럼 발아래 깔리는데
마음은 훌쩍 500년 세월을 거스른다.

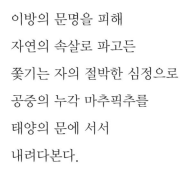

이방의 문명을 피해
자연의 속살로 파고든
쫓기는 자의 절박한 심정으로
공중의 누각 마추픽추를
태양의 문에 서서
내려다본다.

주인이 떠나간 침묵의 요새
무심한 돌 성전의 배열과 형국은
원초적 우주를 말해 주는 듯한데
문명에 길든 나그네는
돌담과 산, 자연이 전하는
무언의 함성을 듣지 못한다.

말이 없는 돌 담벼락의 무수한 함성을
무심한 세월의 함묵에 묻어둔 채
오가는 숱한 행려객과 함께
무상한 하루의 일상을 접는다.

언제 어느 바람이 전해주랴.
베일에 싸인 신비의 돌담 도시 사연을.

(2017. 1. 5. 마추픽추 태양의 문에서)

아! 마추픽추

신비(神秘)다.
무상(無常)함이다.
돌의 성전(聖殿)
잉카제국의 마추픽추.

마추픽추산과 와이나픽추산
뾰족 솟은 안부(鞍部)에 숨긴
지상에 세운 천상의 유토피아.

하늘을 나는 콘도르와
땅의 왕자 퓨마가
수호신 되어 지켜보는 곳.

영원을 꿈꾸던 잉카인,
오늘도 태양은 솟아
돌은 살아 숨 쉬는데
함께 살았던 그들은
홀연히 어디로 갔나.

잊혀진 신의 도시
잉카인의 영원한 고향.
신비 속에서 헤맨다.
아! 잉카의 마추픽추.

(2017. 1. 5. 페루의 마추픽추에서)

티티카카 호수의 우로스섬

사는 건 기쁨이다.
살아 주는 건 고통이다.
살기 위해 찾은 속리(俗離)의 우로스.

하늘에 해와 구름, 달과 별
호수에 퐁당, 하늘이 있어
해와 구름, 달과 별이
하나 아닌 둘이다.

텅 빈 갈대집 사이로
호수 바람 새어 들고나도
보이는 자연은 항시 부자이다.

눈은 풍요 속 부자인데
입은 인정을 그리며 산다.
빈 갈대집에 들고나는 바람처럼
우로스 찾는 육지 사람 들고날 때
가슴에 새어드는 인정이 고프다.

사는 건 인정이고

살아 주는 건 기다림인가 보다.

(2017. 1. 7. 티티카카 호수 우로스섬에서)

인디오 꼬마 소녀를 보고

자랄 때는 그저
들풀처럼 자라라.
세상 물정 알기도 전에
글자 깨우치고 셈 따져
행복한 거 아니더라.

놀 때는 그냥
하늘과 땅 위에서
들풀처럼 흔들리며 놀아라.
온라인 게임과 로봇 변신이
어찌 자연 세상이더냐.

잘 배우고 출세한 게
훌륭한 줄 알았더니
요즘 보니 아무 짝에 쓸데없는
악다구니 망나니들이더라.

266 박대문 시집

하늘 아래, 땅 위에서
세상 물정 모르고 훌륭함과는 멀어도
있는 품성 그대로 자연 속에 어울리면
그 생이 행복하고 훌륭한 삶인 줄
이제야 알겠더라.

인디오 꼬마 소녀처럼
세상 물정 모르고
흙, 바람, 햇볕 속에
한 포기 풀꽃처럼
그렁저렁 사는 게
참 삶임을 이제야 알겠더라.

(2017. 1. 8. 티티카카 태양의 섬에서)

내가 나를 찾는 우유니 사막

황량한 남미의 고원지대
북쪽의 티티카카호(湖)가
안데스 고원의 생명을 품어 안고
남쪽의 우유니 사막이
온갖 세월을 쓸어 담아 신비에 가둔다.

상상을 뛰어넘는 초(超) 세계
지식의 한계를 뛰어넘는 신비의 세계.
언어의 절대 빈곤을 깨닫는다.
오직 느낌과 감탄만이 있을 뿐이다.

하늘에 있을 하늘이
땅에 있어야 할 땅이
서로서로 맞닿아
하늘과 땅이 한 몸이 되었다.

하늘과 땅이 뒤섞인
이 세상 너머의 세계에서
내가 나를 보는 곳.
내 몸은 여기 있는데
나를 찾는 내가 누구인지 모른다.

(2017. 1. 10. 라파즈 우유니 사막에서)

우유니 사막에서

남미 대륙의 중앙 고원에
가없이 펼쳐진 소금사막
하늘이 때때로 매무새 다듬는
지상에 떨궈 놓은 하늘 거울인가 보다.

소금사막에 살포시 빗물 뿌리니
수정처럼 맑고 광활한 평원 거울이 된다.
하늘이 온통 다 들여다보인다.

하늘도 때때로 매무새를 다듬나 보다.
살포시 내려와 평원 거울에 안긴다.
평원 거울에 하늘 안기고 구름 안기니
위에도 하늘
아래도 하늘
하늘과 하늘. 구름과 구름 사이에
허허로이 내가 서 있다.

하늘과 땅, 구름이 하나 되니
천지 분간이 아니 되는 세상.
하늘 위에 서서 하늘을 내려다본다.
내 몸은 이미 하늘 속에서 헤맨다.

한없이 무한 공간에 빨려가고
몽환(夢幻)의 세상에 잠겨 든다.
우주 무한 공간에 한 점 되어
이 몸은 어디로 흘러가나.

온통 하얗고 파란 평원 거울에
산 그리메도 곱게 대칭 상(像)을 그린다.
서 있는 산이 있고
누워 있는 산이 있다.
내 발밑에 누워 있는 또 하나의 나를 보면서
세상에 또 다른 내가 있음을 안다.

세상은 온통 쌍곡선상에 있는
대칭의 세계인가 보다.
하늘도, 구름도, 산도,
그리고 나도.

(2017. 1. 11. 볼리비아 우유니 사막에서)

그래, 함께 사는 거다

그래
우리 모두
함께 사는 거다.
하늘도 땅도 하나인
대자연 속에서.

평화의 상징도
공포의 두려움도
대자연 속에서
함께 살아야 하는 세상
보수도 진보도,
늙음도 젊음도
너, 나, 우리 모두 아닌가?

그래
우리 모두
함께 사는 거다.

(2017. 1. 12. 과야킬 이구아나 공원에서)

갈라파고스섬의 일몰(日沒)

해가 저문다.
찬란하게 저문다.
적도(赤道)의 땅 갈라파고스섬
오늘 하루도 찬란했다.

돌 소나기 뿌린 듯 바윗돌이 널브러진
젊은 새 땅 조악한 화산 벌판에
생명의 빛과 힘을 내리붓고
오늘도 해가 저문다.

젊은 새 땅에
새로운 기(氣)를 심고
새 생명과 새움이 돋게 하는 태양.
하루를 마감하고
광활한 태평양에 잠을 청한다.

내일은 더욱 찬란하리라.
불끈한 태양으로 다시 솟으리라.
숱한 새 생명과 새 움 더불어.

함께하는 우리 또한
적도의 땅,
푸른 신천지의 새 기운(氣運)에
흠뻑 젖으리라.

(2017. 1. 13. 갈라파고스 산크리스토발섬에서)

276　박대문 시집

쪽빛 세상의 푸른발부비

수만 리 달려온 파도도 지쳤다.
파랗게 멍든 몸 쉬었다 간다.
절해(絕海) 고도(孤島) 갈라파고스섬에서,

하늘이 내려앉았나?
멍든 파도가 몸을 풀었나?
온 세상이 쪽빛 세상이다.

하늘, 바다 맞닿은 쪽빛 세상은
바다도 하늘도 함께 파랗다.
쪽빛 세상에서 푸른발부비도
푸른 발로 살아간다.

푸른 기다림도
시퍼런 열정도
애달픈 사랑도
오직 쪽빛 발로 말한다.
쪽빛 세상의 거친 풍파도
푸른 발로 이겨내야만 한다.

(2017. 1. 15. 갈라파고스 이사벨라섬에서)

갈라파고스섬에 서서

오늘도 적도의 태양은 붉게 솟았다.
태평양은 임인 듯 하늘을 안았다.
시커먼 화산암 벌판에 서서
하늘을 보고 땅을 본다.
새 땅에 새 기운이 넘실거린다.

풀도 꽃도 없는 거친 원시의 땅,
모진 생명 줄기 선인장만 서 있다.
무한 넘쳐나는 생령(生靈)!
거칠고 투박한 선인장 벌판에 서서
두 팔 벌려 함께 서 본다.

문명에 절고 찌든 허물을 벗자.
꿈꾸는 번뇌의 사유(思惟)를 털자.
원초적 순수의 생령 덩어리,
거칠고 간결한 선인장처럼
두 팔 벌려 하늘을 본다.

태평양이 밀려오는 파도 소리,

원시의 자연 속에서

원초(原初)의 나를 찾는다.

시원(始原)의 한갓 들짐승으로 뛰노는

그런 나를 찾는다.

(2017. 1. 16. 갈라파고스섬의 화산암 너덜겅 벌판에서)

시에라 네그라 화산 분지에서

하나 빼고 세상에서 제일 큰
칼데라(caldera)에 서 있다.
지구 생물 종(種)의 막내인
호모 사피엔스 사피엔스가.

무한한 이 세상 땅덩이에
점 하나 찍고 지나가는 찰나의 한 인생이
세상에서 제일 젊은 땅덩이라지만
탄생 백만 년을 훌쩍 넘은 신천지,

하나 빼고 세상에서 제일 큰
거대한 칼데라 앞에 서서
지구의 역사와 젊은 땅의 세월을 헤아릴 듯
화산 분지의 아득한 지평을 바라본다.

하지만, 하지만,

자연과 세월의 흐름,

가늠도 못 하는 막내 종(種) 인간이

무엇을 견주어 길다, 짧다,

크다, 작다 하리오.

작고도 짧은 백 년 인생이.

(2017. 1. 16. 시에라 네그라 caldera에서)

갈라파고스섬에서의 스노클링

절해고도 남태평양,
청옥 같은 푸른 물에
문명의 때로 얼룩지고
오욕에 찌든 이 한 몸을
대양에 살짝 디밀어 본다.

눈부시게 푸른 에메랄드빛,
청정 바다에 문명의 땟국 남을까?
걱정 아니할 수 없는
속진무구의 맑은 바다이다.

얼룩진 문명의 때와
시시콜콜 오욕이 함께 묻어나
맑고 푸른 갈라파고스 해역을
흐릴까 봐 두렵다

눈 지그시 감고
들이민 나의 육신을
대양은 말없이 받아 안았고

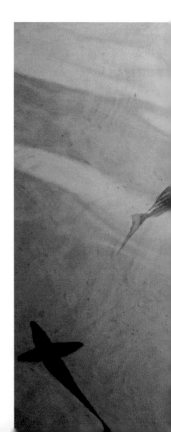

바다거북도, 오색 빛 열대어도
같은 무리인 양 두려움 없이
동행 대열을 함께 이루어 준다.
어느새 나도 찌든 삶을 떨어내고
남태평양 속
한 마리 물고기가 된다.

몸과 마음이 청옥 빛에 젖는다.
세속은 잊었다.
색색의 물고기 대열 따라
오락가락 무리 짓는 물고기들과 함께
남태평양을 유영(遊泳)한다.

나는 한 마리 물고기다.
세속을 떠나 속진을 떨궈 버리고
갈라파고스의 물고기가 되어 본다.

(2017. 1. 17. 갈라파고스 산타페섬에서)

갈라파고스에서 만난 한국산 풍력발전기

황량한 벌판에 대붕이 날개를 편다.
멀리 동양의 코리아로부터 날아온 힘찬 날갯짓,
갈라파고스에 빛을 뿌린다.

발트라 공항에 퍼덕이는 하얀 날개,
거친 바람 끌어안고 학춤을 춘다.
아무리 세찬 바람에도 부드럽게 날개 접어
내어 뻗는 고운 날갯짓이 아리랑 춤일레라.

유니슨의 얼이 박힌 발트라 공항 학춤에
굉음 뿜는 날틀도 곱게 곱게 치솟는다.
몰아치는 태평양 바람에 춤사위 크게 젓는
유니슨의 바람맞이 날개 춤이 곱기도 하다.
바라보는 코리안의 가슴도 용춤을 춘다.

(2017. 1. 18. 갈라파고스 산타크루즈섬 발트라 공항에서)

*발트라 공항 앞에는 한국기업 유니슨이 수출, 건설한 풍력발전기 3기가 서 있다.

빠네시요 천사의 상 앞에서

세월은 흐른다.
세월 따라 역사도 흐른다.
역사는 항시 승자의 편이요
산 자의 것인가?

사라진 태양의 신전에
이방(異邦)의 천사가 자리를 대신하니
잉카 후예의 뜨거운 가슴도 이미 식었는가?
찬란한 잉카의 문명이 덧없다.

오늘을 산다는 것
과거의 반추도, 어제의 연속도 아니다.
오늘은 오직 오늘만의 것인가 보다.

사라진 역사와 문명의 흔적도
세월 따라 잊혀가니
세월에 묻혀가는 오늘이
그저 아쉬울 뿐이다.

허나, 흘러가니
오늘이 아름다운 것이다.
항시 이대로라면
이보다 더 지겨운 것이 또 있으랴.

(2017. 1. 19. 에콰도르 키토에서)

뉴질랜드, 호주

자연에는 중심(中心)이 없다

환경!
오만한 인간(人間) 중심의 단어이다.

중심(中心)이 있으니
안과 밖이 있고
네 편이 있고 내 편이 있다.
나쁜 환경이 있고
좋은 환경이 있다.

내가 중심일 때
오만이 있고
독선이 있고
내로남불이 있다.

더불어 사는 세상,
내가 중심이 아니다.
만물이 중심인 세상이다.

정치꾼이 중심인 정치,
정도(正道)가 아니다.
다스림의 으뜸은 무위자연이다.
자연에는 중심이 없다.

(2020. 3. 7. 만추의 10월에 본 남반구의 봄을 회상하며)

'포카레카레 아나'의 발원지에서

사랑이다.
세상을 이어가는 것은.
인간 종족의 이어감도
이웃 간의 평화도
사랑으로 시작된다.

애절하다.
사랑을 이룬다는 것은.
죽음을 넘어선 용기와 희생으로
사랑은 이루어진다.

아름답다.
사랑 속에 머물 수 있음은.
화로의 잿불처럼 곰삭은 사랑 있어
지나온 세월이 눈물 나게 곱다.

(2019. 10. 30. 뉴질랜드 Rotorua에서)

남반구의 시월의 마지막 밤

단풍 물결 회오리칠 즈음
남반구 뉴질랜드는 봄이 한창이다.
밀퍼드 사운드 가는 길이 꽃길이다.
새 생명의 탄생, 성장의 계절을 맞는다.

세상은 넓은 데
한정된 우리의 좁은 생활 영역,
그 속에 우리 생각도 갇힌다.

5월이면 꽃 피고
10월이면 단풍 들던 산천,
내가 살아 온 세상이다.
11시간 30분을 날아서 남으로 오니
시월의 마지막 날이
온 세상이 물오르고 꽃 피는 계절이다.

소, 양, 사슴뿐만 아니라
산새, 들새 모두 새 가족 낳고 기르는
새로운 생명의 계절, 봄을 맞는다.
둥글고 둥근 세상이지만
이렇게 돌고 돌면 서로가 다른가 보다.

(2019. 10. 31. 시월의 마지막 날, 뉴질랜드 테아누아에서)

제3부 • 꽃쟁이 여로

밀퍼드 사운드(Milford Sound)

선계(仙界)인가? 속계(俗界)인가?
경탄에 자지러지는 환상의 세계.
이 가슴으론 그려낼 수 없다.
북구의 히말라야에
샹그릴라가 있다면
남구의 뉴질랜드에
밀퍼드 사운드가 있다.

지고(至高)의 청순미,
장엄한 웅장미가
어찌 이리도 곱게
어우러질 수가 있을까.
빙하가 깎고,
무한 세월이 다듬은 협곡,
철철이 꽃 향이 계곡을 채우는 곳.

신의 세계, 선계의 속 살을
몽환 속에 헤집는다.
외경심도 감탄도 잊었다.
그저 자연 속 한 마리 짐승,
눈망울 커다란 사슴이 되었다.
번뇌와 아픔을 털고서
넋마저 놓아 버린 사슴이 되었다.

(2019. 11. 1. Milford Sound에서)

남섬의 영봉(靈峰), 마운트 쿡

햇살 맑은 남구의 11월 하늘!
더없이 맑고 푸른 봄 하늘,
에메랄드빛 남태평양 바다가
하늘을 파랗게 물들였나 보다.

화사한 햇살 넘쳐흐르는
초록빛 세상 남섬 벌판에
젖을 빠는 새끼 양 풍경이 정겹다.

푸른 초원 끝에는 남섬의 등줄기
서든 알프스산맥이 위용을 드러낸다.
산맥은 일천일백 리를 흘러 흘러 마침내
마운트 쿡 설봉으로
그 방점(傍點)을 찍는다.

눈 부신 햇살 아래 하늘 푯대 설봉(雪峰),
한 송이 거대한 꽃이 되어 솟았다.
횃불처럼 하얀빛을 천지에 내쏟는다.

밀키 블루의 빙하(氷河) 호수들이
설봉을 받쳐주니
꽃 쟁반에 솟아난 백설의 꽃이다.
내 가슴에 영원히 지울 수 없는
순백의 꽃으로 피어나
가시지 않는 향기로 남으리라.

(2019. 11. 2. 뉴질랜드 마운트 쿡에서)

'경우의 수'로 펼쳐지는 캔터베리 캔버스

가없이 펼쳐진 캔터베리 대평원
자연을 담는 넓고 푸른 캔버스다.

눈 시린 산등성이 만년설,
가슴 시리게 맑고 파란 호수,
움츨움츨 곧게 선 양버들 숲,
하얀 구름, 하얀 양 떼가
한 폭의 캔버스를 채운다.

시시각각 곳에 따라
'경우의 수'로 펼쳐진다.
각양각색의 자연 수채화가 된다.

현실일까? 환상일까?
캔터베리 캔버스에는
한결같이 모두가
세상에서 제일 크고, 고운
한 폭의 맑은 수채화가 담겨있다.

(2019. 11. 3. 캔터베리 대평원을 지나며)

제3부 • 꽃쟁이 여로

블루마운틴의 삼자매봉

남남 쪽 십자성 별빛 아래
유칼립투스 향 그윽한 계곡,
긴긴 꿈속에서 환생을 기다리는
계곡의 삼자매봉이 애절하다.

광활한 계곡에 가득 찬 맑은 향,
은하에 흐르는 별빛도
동트는 새벽 햇살도
계곡의 향에 잠겨
푸르게 피어나는 곳.

삼자매봉의 긴 꿈을 언제 깨우려나.
삼자매를 품고 있는 블루마운틴.

(2019. 11. 4. 호주 블루마운틴에서)

시드니항에서

오래전 추억, 생생한 것 같지만
세월의 흐름은
그마저 허용하지 않는가 보다.

옛 젊은 시절
하버 브리지, 오페라하우스 구경 왔다가
시드니항에 정박해 있는
군함 같은 커다란 러시아 배를 보고
괜스레 움츠러들고 놀랐던 일,
그 기억만 생생할 뿐

그때 봤던 하이드 파크, 성 마리아 성당,
부둣가 거리와 풍경이 되레 생소하다.

어슴푸레 기억이 어긋날 때마다
오히려 더 낯설어진다.
백 년 된 건물만 봐도
고색창연하다고 자랑하던
그때의 시드니 거리가
고딕식 옛 건물과 최신 공법의 부자티 나는
현대 건물이 어우러지니
전혀 다른 세상이 됐다.

세월 가니 풍경도 변하고
기억도 변하고 세상만사가 변한다.
오직 불변인 것은 내 기억이 맞는다는
고집뿐인가 보다.

모처럼 하이드 파크,
하버 브리지, 시드니항을 배회하고
시드니 타워에 올라 가없이 이어지는
푸른 숲과 바다와 흰 구름에 빠져 본다.

(2019. 11. 5. 시드니항에서)

내 삶 70여 년을 뒤돌아보며

　　이른 봄 다투어 피어나는 꽃망울에 눈이 내리면 봄꽃들이 움츠러들고 차디찬 얼음 물방울을 매달고 바들바들 떱니다. 봄에 내린 차가운 눈이 야속해 보입니다. 그런데 다음날 보면 메마른 나무줄기에는 눈 녹은 물기가 촉촉이 배어 한층 더 싱싱한 검은빛이 돌고 물에 젖은 흙엔 생기가 넘쳐납니다. 눈앞의 시련이 더 나은 내일을 위해서는 꼭 아픔으로만 끝나지 않은 것이 세상사인가 봅니다.

후대를 기약하는 사랑의 귀결점, 낙엽귀근(落葉歸根)을 되새겨 봅니다. 이른 봄에 새잎 내어 비바람에 흔들리며 꽃 피워 열매를 맺고 나면 잎은 정든 나무줄기를 떠나야 합니다. 혹한의 겨울철에 나무가 살아남으려면 생의 에너지를 최소화해야 하기 때문입니다. 잎은 낙엽이 되어 뿌리를 덮어주고 썩어, 이른 봄 새로 자라나는 잎과 꽃을 위해 이불이 되고 거름이 되어줘야 합니다. 정든 가지를 떠나는 낙엽인들 어찌 아쉬움 없고 미련이 없으랴. 하지만 후대를 위해 떠나야 함을 잎새는 알고 있습니다.

희망과 영광과 시련을 반복하는 나뭇잎 하나에 내 삶의 궤적을 얹어 봅니다. 부푼 꿈과 간난(艱難), 행운과 영광, 시련과 원망, 방황 그리고 평온의 삶이 나뭇잎을 닮은 듯합니다. 시골의 가난한 집에 태어나 어렵사리 학업을 수행하고 ROTC 육군보병장교로 최전방에서 철책을 지키는 소대장 임무를 마쳤습니다. 힘들고 어려운 보병 소대장을 마치고 나니 '뜻하면 하지 못할 것이 없다.'라는 자신감으로 학창 시절에 소홀히 했던 공부에 매진하여 행정고시에 합격하는 행운도 따랐습니다.

시골 태생으로 군 복무를 마친 후 출발한 늦깎이 공무원이었지만 오직 맡은 일에 열과 성을 다하다 보니 50대 초반에 공무원으로서의 최고위직인 차관보급, 1급 관리관으로 승진하는 영광과 함께 청와대비서관 근무도 했습니다. 하지만 호사다마(好事多魔)라고나 할까? DJ 정권 말기가 되어 가니 새 정권이 들어서기 전에 본래 근무했던 부처로 복귀해야 하지 않겠느냐'는 주변의 권유도 있었습니다. 그러나 내가 부처로 복귀하면 누군가 한 사람이 나와야 하므로 아직 젊은 나로서는 그렇게 서두르고 싶지 않았습니다. 그러나 이 결정이 내 삶의 패착이 아니었나 하는 생각을 오랫동안 가졌던 것 또한 사실입니다.

청와대에 근무하는 동안 새 정권이 들어섰습니다. 같은 당의 정권 계승이었지만 청와대의 분위기는 사뭇 달라졌습니다. NGO 출신들이 대거 유입되었습니다. 이들은 일반직 공무원들과는 사고의 방향과 처신에 많은 차이가 있어 보였습니다. 이들은 한결같이 일사불란한 소규모 단일팀의 혁명동지 같았습니다. 서로 감싸고, 덮어주고, 돕고, 편들고 하는 동지애가 눈물겹도록 진했습니다. 청와대는 완전히 NGO와 운동권에서 온 별정직 세상이 되다시피 했습니다. 같은 진보계열 정권이었지만 DJ 정부 때와 사뭇 달랐습니다. 이들은 자기들만의 소집단 생활을 오래 유지했던 탓인지 서로의 신뢰감은 맹목적이다시피 했습니다. 그러나 일반공무원에 대한 신뢰감은 거의 없었고 항상 의심과 불신의 눈초리를 감추지 않았습니다. 기본적으로 이들은 자신들의 법규 위반행위에 대해서는 위법이 아닌 민주화운동의 훈장으로 여기는 것 같았습니다. 사회를 정의롭게 하기 위한 대의의 길을 가는 길에 어쩔 수 없는, 장애물에 불과한 적폐의 법규를 무시할 수밖에 없었다는 나름대로의 해석이고 자랑거리요 용기라고 인식하는 듯했습니다.

현행 법규와 제도에 따르지 않는 것이 혁신이고 진보적이라 여기는 듯한, 일반직 공무원으로서는 도저히 상상할 수 없는 별천지 세상의 사고방식에 매몰된 듯싶었습니다.

정권이 바뀌고 어수선한 사이 새로운 제도와 원칙 등이 어지러이 쏟아졌습니다. 다면평가제라는 제도를 도입하여 부처 내에서 고위직 인사를 할 때 직원 투표를 통하여 인사에 반영한다고 했습니다. 하급자 눈 밖에 난 상급자는 적폐 대상인 셈입니다. 투표 결과는 인사비밀이라 공개할 수 없다고 하면서 의외의 인사를 단행했습니다. 또한 현직 고위 공무원이 명예 퇴임하고 전문성을 살려 산하기관으로 가는 것도 근무 중 유착관계를 방지한다는 명분으로 차단했습니다. 시민단체 인사가 다수인, 인사추천위원회를 구성하여 산하기관 임원 인사 후보를 심의하도록 했습니다. 해당 공기업이나 산하기관과 관련된 업무를 수행한 적이 있는 공무원은 상피제(相避制)와 같은 이유로 퇴임 6개월이 지난 후에야 해당 기관에 취임할 수 있도록 했습니다. 그 결과 제도 시행 6개월 동안은 현직 공무원이 갈 수 없는 공백 기간이 생기고 대신에 NGO 등 민간인이 전문가라는 이름으로 그 자리를 차지할 수 있었습니다. 더구나 후배들 승진을 위해 자리를 내주고 산하기관으로 가려고 하는 명퇴자가 없어지니 인사적체가 극심해졌습니다.

이러한 변화의 소용돌이 속에서 저의 인생길도 바뀌게 됩니다. 즉 청와대에서 부처로 복귀하려는 데 문제가 생겼습니다. 다면평가제에 따른다는 이유로 의외의 인사 처분 내정을 받은 것입니다. 차관으로 승진하여 본부 실장급이 공석임에도 소속 위원회의 장이 적임자라는, 결과도 공개하지 않는 다면평가를 이유로 그 자리에 인사발령을 하겠다는 것이었습니다. 특별한 잘못도, 과오도 없는데 강등이나 다름없는 소속기관의 별정 1급, 그것도 임기가 있어 바로 퇴임해야 하는 자리입니다. 저는 관리관 신분으로 소속기관 별정 1급직에서 구차스럽게 퇴임하기보다는 자진사퇴로 후배의 승진길을 열어주고 쿨하게 마감하는 길을 선택해야만 했습니다.

시민단체의 대모(代母) 격이라 불리는, 새로 부임한 장관은 어떤 생각으로 청와대에서 복귀하려는 나를 굳이 소속기관으로 강등시켜 내치려 했는지 지금도 그 이유를 알지 못합니다.

청와대 비서관 생활을 포함하여 되돌아보며 저와 NGO와의 관계를 곰곰 생각해보았습니다. DJ 정부 시절, 내 뜻과는 전혀 무관한 두 번의 청와대 생활을 되돌아봅니다. 첫 번째는 행정관으로 근무했습니다. 당시 환경 관련 공무원교육원장을 하고 있을 때라서 과장급인 행정관 신분이 아님에도 부득이하게 보건비서관 소속 행정관으로 부임했습니다. 당시 청와대에 행정관으로 있던 동료의 무리한 추천과 환경비서관 직이 없어 불편을 겪는 장관께서 환경비서관직 신설을 기대하시면서 저를 강권했기에 국장급인 신분임에도 하는 수 없이 타 부처인 보건비서관 소속 행정관으로 부임해야만 했습니다. 이에 관련한 많은 뒷 사연은 생략합니다.

행정관 근무 1년이 지난 후 나름 인맥과 환경부의 협력으로 환경비서관이 신설되었습니다. 하지만 알 수 없는 것이 인사입니다, 어렵사리 신설된 환경비서관을 엉뚱하게도 국회 보좌관 출신 인사가 밀고 들어오는 탓에 더는 그 자리에 행정관으로 있을 수가 없어 원대 복귀하여 환경정책국장을 맡았습니다. 그 당시 정책국장 소속으로 민간협력과가 있었기에 NGO의 파트너가 되어 민관환경협의회, 종교단체환경협의회 등 시민단체, 환경단체와 잦은 접촉을 하면서 공감을, 때로는 갈등을 빚기도 했던 기간이었습니다.

본부에 정책국장으로 복귀하여 임무를 열심히 수행했고 그 해에 2급으로 승진도 했습니다. 그러던 중 미국으로 행정연수를 할 수 있는 정부 프로젝트가 있어 장관의 승인을 받아 응모했습니다. 바쁜 국장업무 1년만 지나면 가족과 함께 미국 연수를 갈 수 있게 되었습니다. 그 사이 정책국장에서 대기보전국장으로 보직을 옮겼고 연수 떠날 시기가 다가왔습니다. 미국 연수를 떠날 준비로, 사는 아파트 전세 계약, 애들 학교의 해외 전학 절차 등을 거의 마쳤습니다. 과장 시절에 미국 유학 생활을 하는 동안은 공부하느라 여행도 제대로 할 수 없었지만, 이번 연수 생활은 비교적 자유로운 생활이기에 기대가 컸습니다. 그런데 미국 연수 출발을 3개월 남겨놓은 상태에서 장관께서는 느닷없이 저를 환경비서관으로 가야 하겠다고 하셨습니다. 그 말을 듣는 순간

참으로 난감했습니다. 집에 와서 상황 이야기를 했더니 애들도 야단법석이었습니다. 다음날 장관실에 들어가 "저는 이미 국장급임에도 명에 따라 4급 과장급인 행정관으로 청와대 근무를 하고 왔는데 연수 출발을 포기하고 또 가야 합니까?" 했더니 "그때는 행정관이었고 지금은 비서관으로 가는 것입니다. 조직의 명령인데 이를 거부하면 되겠습니까?"라고 하셨습니다. 이러한 우여곡절 속에 나 자신은 물론, 가족의 엄청난 실망과 불평을 감내하고 다시 청와대 생활을 시작할 수밖에 없었습니다. 그 덕에 다른 동료가 내가 확보해 놓은 미국 연수를 나 대신에 가게 되었고 저는 같은 국장급에서 첫 번째는 행정관으로 두 번째는 비서관으로 청와대 근무를 다시 해야만 했습니다. 그 후 2년이 지나 정권도 바뀌고 장관도 바뀌니 부처로 복귀도 하지 못한 채 청와대에서 50대 초반에 자진 사퇴하여 퇴임식도 없이 홀로 외롭게, 공직생활을 마무리하게 될 줄은 꿈에도 몰랐습니다. 지금 생각해보니 이또한 저에게 주어진 거역할 수 없는 숙명이었나 봅니다.

아무튼 본의 아니게 미국 연수를 포기하고 두 번째 청와대 생활을 시작했습니다. 근무 기간 중 NGO와 진보 성향의 많은 분을 접촉해야만 했습니다. 경제학을 전공한 탓에 경제적 마인드가 바탕인 저에게 경제성을 도외시한 듯한 NGO의 주장은 황당해 보여 적잖은 갈등이 있었습니다. 대화를 통한 설득과 이해도 쉽지 않았습니다. 이들은 일단은 무조건 주장합니다. 제 기억으로는 환경 NGO가 정부 측의 시책과 사업 설명에 동의하고 양보하는 사항이 없습니다. 합당한 설명을 하면 대부분 외면하거나 딱히 반대 명분이 없으면 또 다른 사유로 반대 주장을 펼칠 뿐 이전 주장에 대해 과오를 시인하거나 책임을 지는 일은 없었습니다. 광우병 사태, 소각장 다이옥신 투쟁, 제주 강정리 해군기지 건설 반대 등이 대표적 사례들입니다.

환경단체와 시민단체 등 NGO와의 갈등 사항을 더듬어 보니 기억에 남는 굵직한 건이 몇 건 있습니다. 새만금 간척사업, 사패산 터널, 천성산 터널 사업 등입니다. 이들 사업은 요즘과 달리 정책 입안이나 계획 결정 단계에서 정보공개, 시민 의견수렴이 제한적이었습니다. 전문가 의견에 따라 이미 구체화 되어 한참 진행된 상황에서 갈등 해결이나 사업 중단, 변경이 쉽지 않았기에 새 정부에서도 계속사업으로 진행해야만 했습니다. 새만금 사업은 이미 4대 정권에 걸쳐 진행되어온 마무리 단계 사업이고, 사패산 터널은 우이령 터널을 양보한 정부의 안이었습니다. 천성산 관통 터널은 영향이 없다는 학계와 전문가의 주장을 묵살하고 도롱뇽의 생명 존중을 이유로 막무가내로 반대하는 스님의 주장을 수용할 수가 없었습니다.

이러한 현안 사항에 관하여 NGO와의 온도 차가 컸으리라는 생각이 듭니다. 덧붙여 비서관 근무 중 NGO 측 인사와 충돌했던, 기억나는 사건이 있습니다. 이분은 새로 부임한 장관과 절친으로 알려진, 당시 여성단체 대모격인 한 분입니다. 이분을 환경 관련 대통령 직속 위원회의 위원장으로 추천하겠다는 수석님의 의견을 전달하면서 최대한

업무를 도와주겠다고 했었는데 이와 관련한 사단(事端)이 발생한 것입니다. 문제의 발단은 그 위원회의 직원 채용 관련 문제이었습니다. 위원장이 된 그 분은 잘 아는 NGO 한 분을 별정 4급으로 채용하려는데 실무자(부처에서 파견된 공무원)들이 안 된다고만 하니 도와달라는 요청이었습니다. 내용인즉 위원장의 주장은, 공무원법 임용자격기준에 의하면 외국 학위 취득, 국가기술자격 등 여러 자격 기준이 열거되어 있고 맨 마지막 항에 '위와 동등한 자격이 있다고 인정되는 자'라는 항이 있습니다. 이에 위원장이 생각할 때, 본인이 잘 아는 대학 2년 중퇴자인 해당자가 마지막 항의 내용처럼 동등 자격이 있다고 인정이 되므로 임용을 하겠다는 것이었습니다. 참 난감한 주장이었습니다.

내용을 듣고 나서 인사담당 부처인 담당국장에게 이럴 때 다른 대안이 있는가를 물어보았더니 그 건은 바로 해당 위원회 실무자가 며칠 전 문의를 해온 건이라고 했습니다. 마지막 항의 '위와 동등한 자격의 인정'이란 열거한 여러 항목에 상응한 외국기관이나 다른 유사기관이나 자격, 경력 등을 객관적으로 인정할만한 자격이 있는 자를 의미하는 것이지 채용하려고 하는 자가 인정하는 기준이 아니라고 이미 설명을 해 주었다는 것이었습니다. 결국 채용 방법이 없다는 사실을 위원장에게 전달해 주었는데 몹시 서운해하면서 화를 냈던 사실이 있었습니다.

그 일이 있은 지 얼마 지나지 않아 새로 조직된 위원회 위원장과 위원들의 첫 상견례 겸 첫 회의가 있어 수석을 대신하여 제가 그 자리에 참석하게 되었습니다. 그런데 그 자리에서 위원장이 불평하기 시작했습니다. 인사를 하려고 해도 못 하게 하고 정부 예산을 쓰려고 해도 실무자가 안 된다고만 하는데 도와주지는 않으니 무슨 일을 할 수 있겠느냐고 공개적으로 불평하기 시작했습니다. 듣다못해 결국 저는 "공무원이 되려면 공무원법을 따라야 하고, 정부 예산을 사용하려면 예산회계법을 따라야 하는 것이다."라고 말하지 않을 수 없었습니다. 그 후 위원장께서 몹시 화를 내고 계속 불평했다고 들었습니다. 또한 '예산 사용에 관한 반대 건' 내용은 아는 바가 없어 그 내용이 무엇이냐고 해당 위원회 실무자에게 문의했더니 비목(費目)에 맞지 않는 예산을 전용 절차 없이 사용(즉, 연구용역비를 출장비나 업무추진비로 쓰겠다는 등)하겠다고 해서 안 된다고 했더니 화를 냈다는 것이었습니다.

모두가 그러한 것은 아니지만 시민단체 등은 이처럼 자신들이 하는 일이 절대적인 선(善)이며 옳다고 하는 맹신하는 경향이 있음을 알 수 있었습니다. 자신들이 생각하는 옳은 일을 하기 위해서는 웬만한 규정과 절차는 번문욕례(繁文縟禮)일 뿐이며 이를 고치는 것이 개혁과 쇄신으로 인식하는 성향이 매우 강하다는 것을 여러 사례를 통하여 느낄 수 있었습니다. 반면에 공무원이 하는 일에 관해서는 전후 사정 불문하고 규정과 절차에 따르지 않았다고 맹비난하는 사례 또한 숱하게 체험했습니다.

이러한 몇 가지 사례와 충돌을 겪으면서 저는 환경단체, 시민단체로부터 개발론자이며 NGO에 비협조적인 자로 낙인찍혔나 봅니다. 이러한 지난 일들을 공개적으로 말 한번 못하고 이제껏 20여 년간 가슴에 품고 살다가 종심(從心)의 나이를 훌쩍 넘은 70대 중반이 되어서야 마음속에 묻어둔 일들을 시집 후기의 글로 쓰고 있습니다. 그때의 가슴에 응어리진 원망과 아쉬움은 강산이 두 번 바뀐 세월이 흘러도 삭아들지 않았고 어떤 때는 새록새록 가슴속에 되살아나 제 마음을 휘젓곤 했습니다.

아무튼 우여곡절을 겪은 후 자진 사직하고 나서 6개월이 지난 후에 어렵사리 공기업에 취임하게 되었습니다. 이 조직은 수도권 쓰레기를 위생처리 하는 곳으로 부지 600만 평이 모두가 쓰레기장처럼 황량한 벌판이었고 악취도 심했습니다. 취임하자마자 저는 주변 환경개선에 집중했습니다. 우선 매립장 정문에 커다란 아치문을 만들어 주변의 민간인 쓰레기장과 경계를 구분하고 차별화했습니다. 도로에 중앙분리대 화단을 만들고 화단에 사철 푸른 주목을 심어 고급 별장의 산뜻한 정원처럼 꾸몄습니다. 주민 제공 편의시설로 지정한 당초의 실외 골프연습장(driving range) 대신에 이곳에 야생화단지를 조성했습니다. 또한 매립장 빈터에 비닐온실을 설치하여 각종 꽃을 재배하고 이 꽃을 사무실과 매립장 주변에 심기 시작했습니다. 일 년이 지나니 쓰레기매립장이 멋진 별장보다도 더 고운 정원으로 변모하기 시작했습니다. 취임 1년 후 가을에는 온실에서 가꾼 국화로 황량한 매립장 공터에, 지금도 계속되고 있는 제1회 국화전시회를 개최하여 많은 시민의 찬사를 받았습니다. 매립지 시설도 세계에서 제일가는 선진기법을 도입하여 세계 제일의 선진시설로 탈바꿈하여 세계적인 선진 견학시설이 되었습니다. 이듬해 봄에는 제1회 야생화 전시회도 개최하였습니다.

어느덧 공기업 임기를 마치고 나니 따로 할 일이 없었습니다. 대학 강의도 생각했지만 우선 서울이 싫어졌습니다. 젊은 나이에 내 뜻과 달리 공무원 생활을 중도 하차한 마음의 응어리가 풀리지 않아 서울을 떠나 멀리 시골이나 산속에 묻히고 싶었습니다. 그러던 차에 민간회사인 풍력발전회사와 인연이 닿아 강원도 대관령에서 1년 반 동안 근무하게 되었습니다. 대관령에서 근무하는 1년 반 동안은 세상의 모든 것을 잊고 공사 근무 중 눈을 뜬 야생화의 세계에 본격적으로 몰입하게 되었습니다. 늦깎이로 시작한 공무원직을 24년 만에 허망하게도 마무리하게 된 아쉬움과 응어리가 한(恨)이 되어 서울이 싫어졌던 것입니다. 게다가 싫다는 청와대에 강제로 보내지고 다시 원대복귀도 하지 못한 채 퇴임함에 따른 허망스러움도 있어 환경부와 연을 끊고 지낸 세월도 십수 년이 흘렀습니다.

참으로 길다면 길고, 짧다면 짧은 덧없고 허무한 세월이었습니다. 그 긴 세월을 지내면서 제가 마음을 주고 위로받으며 서로의 마음을 전하듯, 대화하듯, 꽃을 찾아 길을 떠나고, 만나고, 사진을 찍고, 그 느낌을 일기 쓰듯 글로 쓰다 보니 어느새 야생화 사진첩 같은 꽃 시집

317

을 다섯 차례나 발간하기에 이르렀습니다. 이에 제5시집을 내면서 이제는 말 할 수 있는 내 '삶의 여로' 후기가 실린 '꽃쟁이 여로'라는 표제의 시집을 발간하게 되었습니다. 그간 많은 도움과 격려 속에 함께 해온 많은 꽃 친구, 산 친구, 문인들 그리고 주변의 선후배님께 감사한 마음을 전합니다.

2023. 계묘년 정월에
풀지기 박대문

꽃쟁이 여로

초판 1쇄 인쇄 2023년 02월 28일
초판 1쇄 발행 2023년 03월 08일
지은이 박대문

펴낸이 김양수
책임편집 이정은
편집디자인 안은숙

펴낸곳 도서출판 맑은샘
출판등록 제2012-000035
주소 경기도 고양시 일산서구 중앙로 1456(주엽동) 서현프라자 604호
전화 031) 906-5006
팩스 031) 906-5079
홈페이지 www.booksam.kr
블로그 http://blog.naver.com/okbook1234
이메일 okbook1234@naver.com

ISBN 979-11-5778-588-9 (03800)